3つの真実

人生を変える"愛と幸せと豊かさの秘密"

野口嘉則

ビジネス社

この本をあなたに捧げる

目次

カバーデザイン／森裕昌
本文デザイン／八柳匡友

3つの真実

1　成功法則の賞味期限？

誰もいなくなったオフィスに一人残って、僕は混乱した頭をなんとかしようとしていた。自分のデスクに座って目を閉じ、わが身に起きた出来事を前向きにとらえようとしてみた。人生で成功するためにはプラス思考で考えることが大事なのだ。だけどやっぱり、どう考えたって、この状況を前向きに捉《とら》えることはできない。

目を開くと、壁に貼ってあるスローガンが目に入った。大きな字で模造紙いっぱいに僕が書いたものだ。

> 達成した状態をありありと想像せよ！
> その達成を強く信じ、プラス思考で前進せよ！
> 目標は必ず達成できる！

必ず達成できるだって？

立ち上がって、そのスローガンのところまで歩いて行き、模造紙をつかみ取るように引き剥《は》がす。そして、力を込めて丸めると、そばにあったコピー機めがけて思い切り投げつけた。

たしかに、目標を達成した状態をありありと想像すれば、やる気は高まる。プラス思考で行動していけば、ピンチをチャンスに変えることができる場合もある。しかし、**致命的なアクシデントが起きてしまって、すべてがダメになってしまうこともあるんだ。そして、まさにそれが僕に起きてしまった！　人生最大のピンチだ。**

こんなとき、真の成功者だったら、どのように考えるのだろう？　僕は再び自分の席に戻り、気持ちを落ち着けるためになにか適当なものを探した。そして、デスクの隅に名刺が二ケース置いてあるのを見つけ、一つを手に取ってみた。透明なプラスチックのケース越しに僕の肩書きと名前が印刷してあるのが読める。

ミスター目標達成　矢口 亮

〈代表取締役〉とせずに〈ミスター目標達成〉という肩書きにしたのは、自分でもいいアイデアだと思っていた。ユニークだし、僕の仕事をズバリ象徴しているからだ。しかし今は、その肩書きがひどく虚しいものに思える。

僕は二十五歳のある日、〈成功法則〉という言葉に出合った。そしてそれを学び、今日まで本気で実践してきた。そのおかげで、僕の人生は劇的に変わり、いくつもの大きな目標を達成してきたのだ。若くして社長になり、会社も急成長を遂げている。

すべては成功法則のおかげだ、と信じてきた。しかし、その確信が今、脆《もろ》くも崩れようとしている。**成功法則にも賞味期限があるのか？　それとも人生には、成功法則が効力を発揮しない場面もあるのか？　あるいは、僕のやり方になにか間違いがあったのだろうか？**

いずれにせよ、サクセスストーリーになるはずだった僕の人生は、その計画が大きく狂いつつある。

あいつらのせいだ！　三人の恩知らずな男たちの顔が浮かんできて、怒りが込み上げてきた。ピシッという音でわれに返ってみたら、僕は名刺ケースを力いっぱい握りしめていて、ケースにひびが入っていた。そのひびの線が、中の名刺の〈ミスター目標達成〉の文字の上を横切っている。まるでその肩書きを打ち消しているかのようだ。〈ミスター目標達成〉などという大それた肩書きは、僕にはふさわしくなかったのだろうか。

たしかに昔の僕は、〈目標達成〉なんて言葉には縁がなかった。中学生のころは野球部だったが、レギュラーに選ばれたことはない。学校の成績も下から数えたほうが早く、かろうじて入れたのは第三志望の高校だ。高校二年生のとき、好きな女の子がいて告白しようかと真剣に迷ったことがあったが、結局、告白する前にあきらめてしまった。つまり僕は、目標を達成できない男だったのだ。

就職してからもそうだ。営業の仕事だったが、月間目標は達成できないことのほうが断然多かった。そのくせ負けず嫌いな性格で、目標を達成した営業マンたちをねたましく思ってしまう。そんな自分が嫌でしかたなかった。自分を変えたい……いつもそう思っていた。

そして、そんな僕についに転機が訪れた。その転機によって、僕の人生の流れは、たしかに変わったのだ。

就職して三年目、二十五歳のある日のこと。仕事帰りに本屋に立ち寄って、雑誌を立ち読みしていた。そして、**その雑誌の中の「私の人生を変えた本」という特集に目が止まった。著名人や大企業の経営者たちが、自分の人生に大きな影響を与えた本を一冊ずつ挙げていた。本との出合いで人生が変わる。そのことが、当時あまり本を読まなかった僕には驚きだった。**

僕は、ビジネス書や自己啓発書が並ぶ書棚に移動した。そして、自分の人生を変えるきっかけを求めて、興味を感じるタイトルの本をかたっぱしから開いてみた。しばらく物色しているうちに、僕のアンテナに〈成功法則〉という言葉が引っかかってきた。僕の人生を変えてくれるキーワードになりそうな、そんな予感がしたのだ。そして、タイトルや目次に〈成功法則〉という言葉が入っている本を何冊か買い込んだのだった。

それらの本には、「人生の目標を明確にすることの重要性」が書かれていた。また、「人生は考え方次第であるから、何事も前向きにプラスに考えることが大切だ」ということも。

それまでの僕には、毎月の営業目標こそあったが、人生の目標と言えるものはなかった。**「お金持ちになりたい」とか「成功者になりたい」とか、そんな漠然とした願望は持っていたが、目標と言えるものではなかった。願望と目標は違うのだ。**それに僕の考え方は、プラス思考にはほど遠かった。

やるべきことがわかった。まず人生の明確な目標を決めることだ。そして、前向きに行動し、プラス思考を身につけていくこと。そうすれば、人生で成功できるのだ。

僕は二日間かけて人生の目標を設定した。三十五歳までに独立して自分の会社を持つこと。四十歳までに年収三千万を稼ぎ、バーベキューパーティーができるくらいの広い庭がある家を持つこと。また、三十歳までに結婚するという目標も決めた。

そしてノートを用意して、これらの目標を書き出した。また、庭つきの家のイメージ写真やイラストも貼りつけて、いつも持ち歩くようにした。

同時に、プラス思考を身につける努力もはじめた。「自分が日々使う言葉を前向きな言葉にすれば、考え方もプラス思考になってくる」と何冊かの本に書いてあった。僕は愚痴や不平などのマイナスな言葉を口に出すのをやめ、前向きな言葉ばかりを使うよう心がけた。特に「やればできる」という言葉が気に入って、それを口癖にした。

他にも、プラス思考を身につけるために役立つことは徹底的にやった。つき合う人も前向きな人を選んでつき合うようにしたし、向上心のある人が集まる勉強会などにも顔を出した。また、書店に行くたびに目標達成に役立ちそうな本を購入し、月に五、六冊は読むようにした。そして、とにかく知ったことは行動に移した。僕は、自分の人生を変えることに本気だったのだ。

成功法則の本に出合って約一年が経ち、ついに僕の営業成績は社内でトップになった。成功法則を実践してきた成果が実ったのだ。全社員の前で社長から表彰され、特別なボーナスも出た。僕は勝利の感動を味わった。かつて人生の敗北者だった僕は、自分に自信を持てるようになっていた。

女性とつき合ったことのなかった僕に、はじめて彼女ができたのもそのころだった。相手は、同じ会社で営業事務の仕事をしていた奈々子だった。彼女の、優しく包み込むような笑顔の前では、肩の力が抜けて自然体になれた。仕事もプライベートライフも充実していた。僕は、手に入れたいものを着実に手に入れていったのだ。すべては成功法則のおかげだった（はずだ）。

二十七歳の年に奈々子と結婚した。その翌年には、息子の智也が生まれ、僕は父親になった。奈々子と智也の存在は、僕にとって、とても大きなものになった。目標を達成し、豊かな生活を実現したとき、それをともに味わえる家族がいること。そのことが、僕の心の支えになった。僕は家族のためにも頑張った。

仕事のほうでは、三年間ずっとトップ営業マンの座を守っていたが、思い切って転職することにした。転職先は研修会社――顧客企業に社員教育研修を提供する会社――だ。年収三千万円を実現するためにはなるべく早く独立するほうがいいと考え、将来の独立につながるステップとして、研修講師の仕事を選んだのだ。

新しい会社では、研修講師として顧客企業の営業職向け研修をいくつか担当した。研修の中では、トップ営業マンになるまでの経験談も話したが、これが受講者たちに大好評だった。僕は研修講師の仕事に大いにやりがいを感じた。

その会社では、年間を通じて顧客満足度が最も高かった講師を一人選び、年間最優秀講師として表彰する制度があったが、負けず嫌いな性格の僕は、なんとしてでも表彰されたかった。そこで僕は、試行錯誤を重ねながら、講師としてのスキルを高めていった。そして、入社五年目にして、ついに表彰されたのだ。経験豊富な先輩講師たちも含む全講師十七人の中でトップだった。当時の僕は三十三歳で、講師としては若いほうだった。

翌年三十四歳のときに、ついに研修講師として独立し、たった一人の会社を設立した。僕の手帳には、「三十五歳までに独立して自分の会社を持つ」という目標が書かれていたが、それを実現させたのだ。会社が順調に軌道に乗れば、「四十歳までに年収三千万円を稼ぎ、広い庭がついた家を持つ」という目標も達成できるに違いない。そうなると、次の目標はさらに大きなものになるだろう。僕は自分の将来に対して大きな期待を抱いていた。

一方、「本当にやっていけるのか」という不安もあった。奈々子と智也を養う身でもあり、家族の生活が僕の肩にかかっていた。安定した収入基盤を早く確立したかった僕は、必死だった。いくつかの研修プログラムを開発し、自分でそれらを売り込み、講師も一人でこなした。


そんな中、営業職向けの〈目標必達《ひったつ》研修〉が大ヒットした。僕の経験と知識とアイデアを総動員して作った研修プログラムだ。心理学の手法を使って参加者の目標意識を高め、「必ず達成する」という決意を促し、その上で営業スキルを徹底的にトレーニングする。研修後のアフターフォローの仕組みも作った。そして実際、この研修を受けた顧客企業の多くで、営業チームの目標達成率が上昇しはじめたのだ。

〈目標必達研修〉のヒットにともない、わが社も右肩上がりで成長した。社員を雇うようになり、今は僕以外に八人の社員がいる。三十八歳の僕が最年長で、今は研修講師を引退し、経営者業に専念している。会社としてはまだまだ若くて小さいが、このまま成長を続け、三年後には前に勤めていた研修会社を抜く計画だ。

ちなみに、社員の八人のうち二人は事務職で、あとの六人はそれぞれ研修講師と営業を兼ねている。わが社の講師たちは、自分の研修先を自分で営業して見つけるのだ。一人ひとりが月間目標と年間目標を持っていて、達成するとしないとでは給料は大幅に違ってくる。成果が給料に直結している仕組みだ。彼らが給料を多く稼ぐためには、自分の研修講師としてのスケジュールを自分で埋めていくしかない。

2 〈ミスター目標達成〉を襲ったアクシデント

わが社にとって最も重要なことは、自社の年間目標を達成することだ。〈目標必達研修〉を提供するわが社が、自社の目標を達成できないようではお話にならない。「自ら目標を達成し続けながら、顧客の目標達成に貢献する」。これがわが社の経営理念であり、その代表である僕にピッタリな肩書きが〈ミスター目標達成〉というわけだ。

わが社では、挑戦的な売上目標を毎年設定し、年度はじめにインターネットなどを通じて公開してきた。そして、創業してから昨年度までの四年間、毎年それを達成している。われながら、よくやってきたと思う。この実績があるからこそ、わが社の「目標必達研修」がヒットしているのだ。

そしていよいよ、五年連続の目標達成が迫っていた。もしそれを達成したら、ある有力ビジネス誌から取材されることになっている。目標達成の専門家として、その秘訣を誌上で語るわけだ。そうなると、僕の知名度も上がり、わが社への研修依頼もますます増えるだろう。これは僕にとって大きなチャンスだ。

しかし現実は厳しい。今年度はかつて経験したことがないピンチに直面している。あと二ヵ月半を残して、年間目標の六十パーセント弱の数字しか出ていないのだ。目標が大きすぎたと後悔したが、この時期に泣き言を言ってもしようがない。なんとしても目標を達成しなければならないのだ。そして、こんなときこそが、成功法則の真価を発揮するときだ。目標達成に向けて全メンバーがプラス思考で頑張れば、ピンチをチャンスに変えることができる。……そう思っていた。

ところが、ほんの四十分くらい前、夜八時を回ったころだったが、まったく予期していなかったことが起きた。ピンチをチャンスに変えるなどという希望は、一瞬にして現実的なものではなくなってしまった。

そのとき、オフィスには僕のほかに三人の社員が残っていた。僕が経営者業に専念するようになってからは、その三人がわが社の講師のトップ3だ。

僕は、その三人を呼んで活を入れようと思っていた。残り二ヵ月半で挽回できるかどうかは、彼らの肩にかかっているにも関わらず、三人ともひどく不調だったからだ。三人そろって、やる気がないようにすら見えた。このままでは、彼ら一人ひとりの年間目標も達成できそうにない。「必ず達成するぞ」と本気で決断してもらうためにも、ガツンと言っておく必要があった。

彼らのほうを見ると、どういうわけか、三人はお互い目で合図を取り合っていた。そして、意を決したように立ち上がった。彼らの間に、ピンと張り詰めたような空気が流れた。そして僕が呼ぶまでもなく、彼らは僕のほうに近づいてきたのだ。


「矢口さん、ちょっと話があるんです」

そう言うと黒木　剛《つよし》は、僕とデスクをはさんで対峙する位置に椅子を持ってきた。そして、僕に視線を向けたままゆっくりと座った。

黒木は僕より二つ年下の三十六歳。以前はコンピューター部品のメーカーで営業をしていたのだが、僕とはある勉強会で知り合った。僕は知り合ってすぐに黒木を引き抜き、彼は最初の社員になった。わが社が二年目のときのことだ。その後、強気な性格と持ち前の行動力で、黒木は多くの顧客を開拓してきた。現在の業績もわが社のナンバー1だ。一八〇センチを超える身長――僕より一〇センチくらい高い――と、筋肉質でがっしりした体格のため、座っていても大きく見える。

黒木の落ち着いた態度とは対照的に、あとの二人――海老原《えびはら》和彦と岸浩一《こういち》――は、緊張した表情で黒木の後ろに立っていた。黒木の「海老原と岸も座ったらいい」という声に促されて、二人は申し訳なさそうに、近くの椅子に座った。

海老原も岸も、僕が前に勤めていた研修会社で講師をしていたのを、一昨年引き抜いた。海老原がわが社のナンバー2、岸がナンバー3ということになる。

いつもと違う緊張感が漂っていて、なにか悪い話がはじまる予感がした。大きなトラブルでも起こしたのだろうか？　どんな話がはじまっても、会社のトップとしてたじろぐことなく対処しよう、と心に決めた。落ち着いて対処すれば最悪の事態は避けることができるものだ。

僕の目を直視しながら、黒木が言い放った。

「実は矢口さん、俺たち会社を辞めることにしたんです」

一瞬、思考回路がストップした。まったく予期せぬ言葉だった。というか、この時期に彼らの口から出てくるなんてあり得ない言葉だ。

黒木は続けた。

「就業規則にしたがって、今日から一ヵ月は勤めます。ですから、辞めるのは一ヵ月後です」

「ちょっと待てよ。どういうことなんだ?」

「どういうことって、そういうことですよ。勤めていた社員が辞める、ただそれだけの話ですよ。よくあることじゃないですか。これが俺たちの辞表です」

黒木は悪びれる様子もなく、むしろ挑戦的な目で僕を見ながら、三通の封筒を僕の机に置いた。

僕の頭は混乱しはじめた。なんとか状況を把握して冷静にならねばならない。僕は黒木の後ろにいる二人に目をやった。

「海老原!　岸!　どういうことなんだ?」

「俺たち、三人で会社を興《おこ》すことにしたんですよ。もちろん研修会社です」

答えたのは黒木だった。

「黒木、俺になんの相談もないなんておかしいじゃないか」

「矢口さんに相談したら引き止められるに決まってるじゃないですか。だから、俺たちなりに結論を出した上で、こうして報告してるんですよ。すでに、会社設立の準備も進めてるし、社名も決めたんです」

すでに準備が進んでるだって？　社名まで決めてるって？　全身の血が逆流しはじめた。僕の知らないところで、事は進んでいたのだ。なんの相談もないなんて裏切り行為だ。彼らになにか汚い言葉をぶつけてやりたい衝動が湧き上がってきた。しかし、かろうじてそれを抑えたのは、今年度いっぱいだけでも彼らを引き止めることができるかもしれない、と思ったからだ。今年度はあと二ヵ月半なのだから。

なんとか笑顔を作った僕は、声のトーンを落とした。

「今が大事な時期だってわかってるだろ？　今、お前たちが辞めたら、今年度の目標はどうなるんだ？　どうやって目標を達成しろっていうんだ？　せめて今年度だけでも一緒に……」

「目標のことは、会社に残る人が考えることだと思います」

黒木が僕の言葉をさえぎってきた。彼の言葉には迷いが感じられなかった。そこで僕は、後ろの二人を説得できないか試みた。

「海老原と岸は、今年度いっぱいやってくれるんだろう？　そうすれば俺も気持ちよく送り出してやれるぞ」

すぐに海老原が「すみません」と答え、岸も「僕らは黒木さんについて行きます」と続けた。

二人とも黒木と行動をともにすることを固く決心しているようだ。やはり黒木をなんとか説得するしかない。僕は必死で説得材料を探した。

「黒木、四年前お前が営業の仕事で行き詰まっていたとき、俺がうちに引き抜いてやったよな」

「そのことには感謝してますよ。おかげで、研修講師という仕事に出合えましたし、この仕事は天職だと思ってますから」

「俺は知識もノウハウも、すべてお前に教えた。出し惜しみしたことは一度もない」

「そのことにも感謝してます」

「給料だって、お前が前にいた会社の倍近くは払ってるはずだ。なんで辞めなきゃいけないんだ？」

「目標達成、目標達成って、息が詰まるんですよ、この会社は。それに、矢口さんに雇われてる限り、矢口さんを抜くことはできないですからね」

黒木の言葉に敵意のようなものを感じたが、僕は爆発寸前の怒りを抑えながら続けた。

「この大事な時期に辞めなくてもいいだろう。せめて、あと二ヵ月半、今年度の目標を達成してからでもいいじゃないか」

「こっちの事情だって考えてくださいよ。自分たちの独立を遅らせてまで競合会社の目標達成に貢献するお人好しが、どこにいますか？　御社《おんしゃ》とは競合することになるんですよ」

この御社という言葉を聞いた瞬間、抑えていたものがはじけてしまい、ついに僕は炸裂した。

「まだ辞めてもないのに御社とはなんだ！　今すぐ出て行け、この裏切り者！　もうこなくていい！」

黒木は、まるでこうなることを察知していたかのように薄ら笑いを浮かべると、さっと立ち上がってロッカーのほうに向かった。海老原と岸も僕にお辞儀をすると、黒木のあとを追った。僕は完全に動揺していたが、そのことを悟られたくなくて、三人に背を向けた。


窓に自分が映っていた。濃紺のアルマーニのスーツに、赤のエルメスのネクタイ。ミスター目標達成の戦闘服だ。だけど今日は、その上についている顔が、情けないほど不釣合いに見える。自分じゃなくて、他人のようにも見える。今まで背伸びして頑張ってきたけど、実はたいした力を持っていない人。そんな感じの人が、僕の前に立って僕を見ているようだ。

窓の端に、オフィスを出ようとする彼らの姿が映った。そのとき、黒木が後ろから声をかけてきた。

「矢口さん、抜いてみせますよ。幸い俺たちにはいい顧客がついてますからね。俺たちの独立に期待してくれてるんですよ」

なんだって？　振り返ると、彼らが出て行くのが見えた。あわてて呼び止めたが、ドアは無表情に閉まった。

三人はそれぞれの顧客に、自分たちが独立することを伝えているのだ。客を持って行く気だ。僕は社員だけでなく、顧客まで失うことになるのか。

僕はなんとか冷静になろうとしたが、無駄だった。怒りとか、ほかにもいくつかの感情がごちゃ混ぜになって、僕の中で暴れた。スローガンを書いた模造紙を丸めてコピー機に投げつけ、ひびが入るくらい名刺ケースを握りしめたところで、それは少しも収まらない。

夢と希望を込めてスローガンを書いた模造紙。それがくしゃくしゃになって床にころがっている。自分の信じてきた成功法則が、価値のないもののように思えてくる。ひびの入った名刺ケースも、僕の人生を象徴しているようだ。僕の目指してきた成功は、こんなにも脆《もろ》いものだったのか……。

3　〈ミスター目標達成〉の家庭事情

自宅のあるマンション——オフィスから歩いて二十分あまりのところにある——の下まで帰ってきたとき、腕時計の針はまもなく夜の十時を指そうとしていた。どのくらいオフィスに一人でいたのだろうか？　オフィスの鍵はちゃんと閉めてきたのだろうか？

暗証番号を押してエントランスに入る。やたらと天井の高いエントランスに、天然石の床を歩く足音が響く。僕はエレベーターに入ってドアを閉め、大きくため息をついた。今日は最悪の一日だった。いや、本当に最悪なのは明日からだ。経営者として僕はなにをすべきなのだろう？　その問いが何度も頭の中をめぐる。……ふと気づけば、階を示すランプが一階で止まっていた。行き先のボタンを押していなかったのだ。僕はエレベーターの中の壁を思い切り蹴りつけたい衝動に駆られたが、監視カメラが見ているのを思い出して、なんとかそれを抑えた。そして、気を静めるためにふーっと息を吐き出し、自宅のある十五階のボタンを押した。

「ただいま」

僕の声を聞いて、子ども部屋から智也が顔を出した。いつものように嬉しそうな笑顔だ。

「お父さん、おかえり」

僕の中にあたたかい感覚がよみがえってくる。

「おう、起きてたのか？　もう寝る時間だぞ」

そう言って僕は、智也の頭をなでた。

「うん、お父さんおやすみ」

「ああ、おやすみ」

智也は愛らしい笑顔のまま、部屋のドアを閉めた。

智也は十歳、小学校四年生だ。子どもというのは純粋でいい。裏切りとか策略とか、そんな大人の世界とは無縁だ。この子のためにも頑張らねばならない。

リビングルームに入ると、奈々子はテレビを見ていた。

「ただいま」

「おかえり。……今日、ご飯用意してないから」

奈々子はこっちを振り向かずに言った。テーブルの上には食べ終わったカップラーメンの容器が二つある。

「奈々子、最近ろくに晩ご飯を作ってないじゃないか。智也にもカップラーメンを食べさせたんだろ」

「疲れてるのよ」

奈々子はテレビに顔を向けたまま答えた。あまりに無気力な態度に、僕はカッとなった。

「ご飯も作らずにテレビを見てるやつが疲れてるって？　甘えるのもいい加減にしろよ！　最低限やるべきことがあるだろ！」

奈々子は無反応だった。僕は自分を落ち着かせようとして、晩ご飯になりそうなものを探した。シンクには、洗ってない食器がいつものようにうず高く積まれている。キッチンの隅にサバの缶詰とピーナッツがあるのを見つけたので、これと缶ビールで晩ご飯にすることにした。

半年くらい前から熟睡できなくなり、最近は食欲も落ちて無気力になっていた奈々子は、先週、軽度のうつ病と診断された。医者によると、奈々子に向かって「頑張れ」とか「元気を出して」と励ましたりするのが、一番よくないそうだ。「頑張らなくてもいい。元気を出せなくてもいい。そのままでいい」というスタンスで接することが大切らしい。

しかし、感情的に不安定になっていた僕は、奈々子を叱咤するようなことを言ってしまった。僕が怒りを向けるべき相手は黒木たちなのに……。

「奈々子、カッとなって悪かったよ。実は今日、大変なことがあったんだ」

奈々子がはじめてこっちを向いた。

「黒木が二人も連れて会社を辞めるって言うんだ」

僕は奈々子が驚くと思っていたが、奈々子は「それで?」という顔をした。

「おい、わかってるのか? うちの研修講師が三人辞めちゃうんだよ。それもトップ3だ。会社がはじまって以来のピンチなんだよ」

奈々子は関心がなさそうに「ふうん」と言った。僕の中にまたも怒りが湧いてきたが、なんとかそれを抑えながら続けた。

「おい、俺が誰のために会社やってるか、わかってるよな。お前と智也のために頑張ってるんだぞ。その会社がピンチなんだよ。家族としてどう思うんだよ？」

奈々子は面倒くさそうな表情になった。

「会社、会社って、もうやめてよ。私と智也のためって言うけど、会社を大きくしたいのはあなたでしょ」

僕は抑えられなくなった。

「お前、誰のおかげでこんないいマンションに住めてると思ってんだ！　俺がこんなに頑張ってお前たちを養ってるのに、感謝もできないのか！　経営者の妻として失格だぞ！」

僕の言葉に、奈々子は顔を引きつらせた。

「あなただって……智也のことで私が悩んでても、まるで他人事だよね。偉そうにアドバイスするばっかりで、一緒に悩んでくれたことなんてないじゃない！　私の気持ちをわかってくれたことなんてないじゃない！」

奈々子の目に涙があふれてきて、すぐにそれは嗚咽《おえつ》に変わった。その姿を見て、僕は戦意喪失した。奈々子に対する怒りが完全に消えたわけではないが、それ以上に、自分の吐いた言葉を後悔した。奈々子がうつ病になってしまったのは、僕のせいでもあるのだ。

一年半くらい前――智也が小学校二年生のとき――から、智也は学校に行けなくなった。学校に行く時間になると、玄関にうずくまって動けなくなるのだ。どうして動けないのか、その理由を聞いても、「わからない」と言うばかりで、原因がはっきりしなかった。僕はそんな智也を奈々子に任せて、仕事に出かけた。

僕が出かけたあと、奈々子は智也を学校に行かせようと格闘した。当初、奈々子は智也の手を強引に引っ張って連れて行こうとしたが、その都度、智也は泣いて抵抗した。その様子を聞いた僕は、「強引なやり方をするからダメなんだ。母親次第なんだから、もっと工夫して頑張って」と奈々子を叱咤激励した。また智也にも、「学校に行っている自分の姿をイメージして頑張ってみろ。きっと学校に行けるようになる」と励ました。

つまり僕は、奈々子にも智也にも「頑張れ」というメッセージを発し続けたのだ。自分が目標達成を目指して頑張っているのだから、家族もそうあるべきだと思って。

しかし、結果として、智也の状態はますます悪くなり、朝はふとんから出てこなくなった。最近は朝食も食べていないようだ。そして奈々子もうつ病になってしまった。僕の「頑張れ」というメッセージが二人を追い込んだのだ。

奈々子の泣き声が、胸に重く響いてくる。

しばらくして奈々子の嗚咽は収まり、またテレビを見はじめた。こんな感じで、日中もずっとテレビを見ているのだろうか？　そのとき、智也はなにをしているのだろう？　僕はそんなことも知らない。遅くなって帰ってくる僕は、二人と話す時間もあまりない。奈々子と智也の生活リズムがますます乱れていって、昼夜逆転でもしてしまわないかと心配になる。智也には、夜十時にはふとんに入るように言ってあるが……。

ビールが空になり、僕は再び仕事のことに意識を向けた。二人のことも心配だが、なによりも今は、会社のことを考えないといけないのだ。会社が順調に伸びてさえいれば、もっと早く家にも帰れるだろうし、もっと二人とコミュニケーションもできる。だから、会社が最悪の状況になることだけは、なんとか避けねばならない。

黒木たちが顧客を連れて独立しようとしているのは間違いない。おそらく、わが社は大きなダメージを受けるだろう。せめて、黒木たちに持って行かれる顧客の数を最小限に抑えねばならない。僕はなんとか冷静さを保ちながら考えた。

僕自身が研修講師としての仕事を再開させれば、研修のクォリティでは決して黒木たちに負けない自信があった。それを切り札に、一社でも多くの顧客を説得したいところだ。黒木たちに「甘くはない」ということを思い知らせてやりたい。しかしそれでも、今年度の目標達成は絶望的だ。目標達成できないということは、わが社にとっては致命的なことなのだ。それに、有力ビジネス誌からの取材の話がなくなってしまうのは悔しい。

再び、黒木たちへの怒りが湧いてきた。いや、黒木たちというより黒木への怒りだ。黒木が海老原と岸をそそのかしたのだ。黒木のような恩知らずをゆるすわけにはいかない。心拍数が上がってきて、僕は戦闘モードになってきた。時計は十一時を回ったところだが、今夜は眠れそうもない。

こうなったら、オフィスに戻って、明日からの戦略を考えたほうがよさそうだ。僕はそのことを奈々子に告げると玄関に向かった。


子ども部屋の前を通りかかったとき、部屋から灯りが漏れているのに気づいた。灯りをつけたまま眠ってしまったのかもしれない。そう思って、起こさないように静かにドアを開けてみたが、智也は眠っていなかった。机に向かってなにかを書いている智也の背中が見えた。十時にふとんに入るという約束を破っていたことに、僕は腹が立った。

「今、何時だと思ってるんだ！」

智也は驚いて振り向いたが、屈託のない笑顔で聞いてきた。

「あっ、お父さん。ねえ、今日はもう少し遅くまで起きていていい？」

僕は湧いてくる怒りを抑えられなかった。

「お前は『おやすみ』って言っておきながら、いつもこうして部屋で夜更かしをしてたのか？　こんな時間まで起きているから、朝起きられないんだ。いいか智也、朝起きられないからって、そんなのは学校へ行けない理由にはならないからな。お父さんは、そんなダメな子は嫌いだ！」

智也の目に涙が浮かんできた。……言いすぎてしまった。僕は後悔し始めていたが、次にどんな言葉を言うべきかわからなかった。

下を向いた智也の足もとに、ぽたぽたと涙が落ちてきた。それでも智也は、泣き声を出さずにこらえている。僕は黙って扉を閉め、そのまま静かに家を出た。

なんてことを言ってしまったのだろう？　学校へ行けないことで自信をなくし、一番傷ついているのは智也自身だ。僕はそんなわが子をますます傷つけてしまった。そして、あろうことか「ダメな子は嫌いだ」なんて言ってしまった。愛するわが子に向かって……。僕は最低だ。

4 真の豊かさを実現するために知るべきこと

オフィスに戻ってきたものの、落ち着いて戦略を考えられるような状態ではなかった。僕は自分のことが腹立たしかった。僕ってなんなんだ？　うつ病の妻に「妻として失格」なんて言ってしまった。自信を失っている息子に「ダメな子は嫌いだ」なんて言ってしまった。この世の中で、奈々子と智也を最も傷つけている人間は、間違いなく僕だ。僕はなんのために存在しているんだろう？　そんな疑問すら湧いてきた。

そんな僕の存在価値を証明するためには、まずは会社経営に成功するしかないのだろう。だけど今や、その自信もない。これから僕は、経営者としてなにをすればいいのか？　出社してくる社員に、なにをどう伝えたらいいのか？　はたして僕の会社は、存続していけるのか？　僕の中には問いばかりが浮かんで、答えらしきものはなにも浮かんでこない……。

ふと、なにかの音で目が覚めた。どうやら僕は、デスクに顔をうつぶせて眠っていたようだ。壁の時計に目をやる。ちょうど朝の七時を指している。たしか今、ドアをノックするような音が聞こえた気がするが、こんな早い時間にくる人などいないはずだ。社員が出社してくるまで、あと一時間半もある。夢だったのかもしれない。そう思いながらも、一応ドアの外を見てみることにした。

僕の手がドアのノブに触れようとした瞬間、ノブがひとりでに回り、静かにドアが開きはじめた。意表をつかれた僕は反射的に手を引き、一歩下がった。誰だ？

紺の作務衣を着た老人が静かに入ってきた。白いあごひげが印象的だが、見覚えのない顔だ。年は七十代くらいだろうか。

「どちら様ですか？」

老人は黙ったまま、穏やかな視線を僕に向けて微笑んだ。人のよさそうな優しい目をしているが、どことなく威厳が感じられ、風格のようなものがある。線香のような香りも漂ってきた。

「あの、どなたでしょうか？」

「実は、君を訪ねるように依頼されてな」

あたたかみのある声だが、妙に馴れ馴れしい気もする。

「依頼されたって、誰からですか？」

「今は言えんのじゃ。君がよく知っている人とだけ言っておこう。その人から、君を手助けするようにと頼まれてきたのじゃ」

そう言うと老人は、再び微笑んだ。


警戒心が頭をもたげてきた。怪しすぎる。「依頼されてきたけど依頼者の名は言えない」だって？　手助けと称して、なにかを企んでいるのかもしれない。

老人は、いぶかる僕に顔を近づけ、ささやいた。

「君は今、とても困っているのじゃろう？　依頼者からそう聞いておる」

一瞬、僕の呼吸が止まった。この老人は、今のわが社の状況を知っているのか？　今のこのピンチを？　……この状況を知っているのは四人だけのはずだ。黒木と海老原と岸、あとは奈々子だ。この中の誰かが、この老人に教えたのだろうか？　だとしたら、いったいなんの目的で？

僕はあらためて老人を観察した。一見、温和そうな顔をしている。だけど、本性を隠している可能性だってある。

「あなたは誰なんですか？　名前と仕事を教えてください」

「それについても、今は答えられん」

僕は呆れた。

「え？　名前も名乗らないっていうんですか？　じゃあ、せめて誰の依頼できたのか教えてくださいよ。今のうちの状況を知ってる人間って四人しかいないんですよ。黒木ですか？　それとも海老原か岸ですか？」

「本当に四人しかいないのかね？」

そう言うと、老人は僕の顔を覗《のぞ》いた。その瞬間、「独立することを顧客が期待してくれている」と言った黒木の言葉を、僕は思い出した。黒木たちは、わが社の状況を顧客にも伝えているのだ。だとしたら、顧客の誰かが依頼者である可能性もある。

僕は、依頼者の見当がつかなくなったことにもいらだったが、それ以上に、わが社の状況が顧客に知られていることに気づき、不安を覚えた。三人の社員に辞められるということも、目標達成が厳しい状況だということも、すでに顧客に知られているのだ。

「あの会社はもうダメだ」、そんな噂が流れてしまったらおしまいだ。僕はなんとしても依頼者を突き止めたくなった。

「お願いです。誰から聞いたか教えてください。僕がよく知ってる人なんですよね。うちのお客さんの誰かですか？」

老人はキッパリと答えた。

「教えてもよいときがきたら教えよう。しかし、今は言えん」

「僕がどんなことで困っているのかご存知なんですよね？」

「わしが知っているのは、君の会社に大きな問題が起きているということじゃ。それも、創業以来の大問題がな。ただ、それがどんな問題なのかは知らんのじゃ」

そう言うと老人は、おどけるように肩をすぼめた。

僕は少しだけ安心した。この老人は詳しいことを知らないらしい。いや、もしかしたらこの老人は、最初からなにも知らないのではないか？　僕を騙そうとしているのではないか？　そんな疑いが湧いてきた。経営者はいつもなんらかの悩みを抱えているものだ。「困っているでしょう?」と尋ねられれば、誰もがイエスと答えるだろう。

その一方、別の考えも浮かんだ。老人が、創業以来の大問題が起きていることを言い当てたのは事実だ。やはりなんらかの情報を知っていると考えるべきではないか?

さらに僕は不可解なことに気づいた。老人がこんな時間に訪ねてきたことだ。僕の場合、たまたま今日に限ってこんな時間に会社にいるが、いつもなら出社するまでにまだ一時間半近くもある。僕が今ここにいることを知っているのは奈々子くらいだ。かといって、奈々子が依頼者だとは思えないし……。

僕は尋ねた。

「手助けしにきたってことですけど、解決策を一緒に考えてもらえるんですか?」

老人は真っ白なあごひげをさすりながら言った。

「わしが考える必要はまったくない。**君の中に問題を解決する力が、いや解決どころか、その問題をきっかけにして真の豊かさを実現する力があるのじゃからな。しかし、君がその偉大な力にアクセスして、真の豊かさを実現したいなら、どうしても知るべきことがある。それを教えることが、わしのできるサポートじゃ**」

線香の香りを漂わせる作務衣の老人に、横文字の言葉――アクセスとかサポートとか――はミスマッチだ。これを老人の怪しさと捉えるべきなのだろう。老人は自分の素性について話す気はなさそうだし、このあたりで帰ってもらうのが無難かもしれない。

そう考える一方、僕は老人の言葉に不思議な説得力のようなものも感じていた。「偉大な力」とか「真の豊かさ」とか、ずいぶん大げさな言葉を使っているのに、老人の表情は自信に満ちていて、大げさに話しているようには聞こえなかった。また、老人の目は、あたかも深遠な知恵を宿しているかのように澄んで見えた。僕の中の好奇心が、こう訴えてくる。「真の豊かさを実現!?　もしそれが本当なら、聞かないと大損じゃないか。逆につまらない話だったら、そう思った時点で帰ってもらったらいい。まずは聞いてみようじゃないか」

僕は迷いながらも好奇心にしたがった。

「真の豊かさですか……興味はあります。それを実現するためにはなにを知るべきなんですか？　よかったら教えてください」

老人はうなずくとオフィスの奥に進み、どういうわけか、黒木が昨日座った椅子に腰を下ろした。僕も自分の席に戻り、デスクをはさんで老人と向かい合った。

「よろしい。まずは君の状況から聞かせてもらおう」


会社の状況を話すことに若干のためらいはあったが、どうせ顧客にも知られていることだ。僕の話を聞いたあとに老人がどんな話をするのか？　そこに興味があった。

僕は順序立てて話した。わが社の看板メニューが目標必達研修であること。だからこそ、自社の目標を達成することが必須であること。ところが三人の社員が辞めていくことになり、目標の達成が絶望的な状況になったこと。

老人は黙って僕の話を聞いてくれたが、そのことが心地よかった。また、老人の表情から、僕の話を真剣に聞いてくれていることが伝わってきた。僕は少しだけ老人に好感を持った。さらに不思議なことに、僕は老人に対して懐かしさのようなものを感じた。この老人とどこかで会ったことがあるような気がしたのだ。

そのせいか、僕は話すつもりがなかったことまで話していた。黒木の恩知らずぶりや、彼に対する怒り。さらに、有力ビジネス誌からの取材がお流れになるだろうこと。そして、それがすごく悔しいということ。

ひととおりの話を終えた僕は、老人に尋ねた。

「どう思いますか？　あなたが僕だったらどうしますか？」

「君の話を聞いて、君にひと言、どうしても伝えたくなったことがある。これはわしからの究極のメッセージと言ってもよい。文字にすると五文字なのじゃが……」

僕は少し拍子抜けした。

「え？　五文字？　ひらがなで五文字ですか？」

「そうじゃ。しかし、今の君にそれを言っても真意を理解してもらえないじゃろう。それどころか、君は怒るかもしれない」

「僕が怒る？　僕をからかうような言葉なんですか？　たとえば……『なやむなよ』とか？」

老人は苦笑しながら言った。

「残念ながら違う。それにわしは君をからかうつもりなどない。今の君に、心を込めて贈りたい言葉なんじゃ。だが、今の君には理解できんじゃろう」

そう言われると、ますます聞きたくなってくる。

「もったいぶらないで教えてくださいよ。絶対に怒りませんから」

「五文字とはいえ、深い意味を込めたメッセージなのじゃ。しかし、今の君には理解できそうにない。君は混乱しておるからな。君の混乱が収まり、さらに最適なタイミングになったときに、そのメッセージを伝えよう」

僕はいらだってきた。

「僕が混乱しているから教えてもらえないんですか？　だって混乱するのは当然でしょう。自分の会社の存亡に関わる問題が起きてるんですよ。わかりますか？　大ピンチなんです！　どうしたって、この混乱は収まりませんよ」

5　中心軸を定める

老人は僕をなだめるように二、三度うなずき、こう言った。

「**人生に問題やピンチはつきものじゃ。そして、それらに出合ったときにどう生きるかで、人生は大きく左右される。そんなふうに混乱しているようでは、ますます事態を悪化させかねんぞ**」

たしかに老人の言うとおりだ。耳が痛い言葉だったが、決して責められている雰囲気ではなかった。

老人は続けた。

「君は、自分がなぜそこまで混乱しているのか、その理由がわかるかね?」

「ですから、それは会社が絶体絶命のピンチだからじゃないですか」

「残念ながら、それは本当の理由ではない。どんなピンチに出合っても混乱せず、冷静に対処できる経営者もおる。ピンチであることが、必ずしも混乱の原因になるとは限らんのじゃ。**君がそこまで混乱している根本的な理由は一つ。自分の中心軸が定まっておらんことじゃ**」

「中心軸？」

「**自分に起きてくる出来事を判断するときの、ゆるぎない価値基準となるのが中心軸じゃ。人類の歴史上、真に偉大な人物たちは皆、自分の中心軸を持っておった。この軸があれば、ピンチや問題に出合っても、揺れたりふらついたりすることがない。なぜなら、自分に起きた出来事の意味を正しく理解し、自分が次になにを選択すればよいかを知ることができるからじゃ。**

よいかね、真の豊かさを実現するためには、まず自分の中心軸を定めることが不可欠なのじゃ。しかし君の場合は、まだ中心軸が定まっておらん。それゆえに、不測の事態が起こると揺れてしまう。『自分になにが起きたのか？　なにを選択すればいいのか？』、それがわからなくなるわけじゃ」

「僕だって物事の判断基準くらいは持ってるつもりですが、それが中心軸じゃないとしたら、中心軸ってなんなんですか？」

「では、『中心軸とはなにか』をひも解いていくために、まず一つのたとえ話をしよう。……一人の男が、恋人の誕生日を祝うために、ディナークルーズの予約をした。海から都会の夜景を眺めながら、おいしい料理とワインでお祝いをすれば、恋人は喜んでくれるだろう。そう考えたのじゃ」

僕はちょっと驚いた。

「いやー、これはびっくりですね。実は僕もまったく同じような経験があるんです。恋人の誕生日を祝うのに、ディナークルーズを予約したんですよ。すごく人気がある上に、たしか一日に十組くらいの限定だったんで、早くから予約したのを覚えてます。そのときの恋人が、今の妻なんですけどね」

「ほう、そうかね。ただ、わしの話はひと波乱あるぞ。恋人の誕生日、男は船が出る三十分前に港で恋人と待ち合わせた。男は早めに仕事を切り上げて、約束の時間には港に到着したのだが、恋人は約束の時間をすぎても現れなかったのじゃ」

僕は思い切り驚いた。僕の経験そのままだったのだ。

「ちょ、ちょっと待ってください。それ、僕の話じゃないんですか？　そうですよね。どうしてこの話を知ってるんですか？」

老人はとぼけた様子で言った。

「なに？　君の恋人も約束の時間に現れなかったのかね？」

「偶然にしては話がそっくりです。誰から聞いたんですか？」

この話は、僕と奈々子の結婚披露宴でも紹介した話だ。もしかしたら、この老人は披露宴に出席していた誰か——奈々子の親族の誰か——なのだろうか？

「わしが作ったたとえ話よりも、君の話のほうが面白そうじゃ。それで君はどうしたんじゃ？」

どうやら老人はしらを切るつもりらしい。真偽をたしかめたいとも思った。しかしそれ以上に、老人の言わんとしていることを知りたかった。僕は老人に促されるまま、自分の話をすることにした。

「約束の時間から十分すぎたあたりで、恋人の携帯に電話しました。ところが電源が入ってなくてつながらなかったんです。何度か電話してみましたが、ダメでした」

「どんな気持ちだったかね？」

「イライラしました。そのディナークルーズはすごい人気で、二ヵ月くらい前から予約してたんです。それで僕はその日、出先での仕事を終えて、会社に帰らずに直接港に向かったんですが、渋滞なんかで遅刻しちゃまずいんで、電車を乗り継いで行ったんです」

「君は、遅刻しないよう細心の注意を払ったんじゃな。それで、それからどうなったのかね？」

「結局、約束の時間を三十分以上すぎて彼女は来たんですよ。もちろん、船は出たあとです。事故かなんかで道が渋滞して、彼女の乗っていたバスがなかなか動かなかったんです。彼女の携帯は、そのときに限ってバッテリーの充電切れでした」

「君はどうしたのかね？」

「彼女を責めてしまいました。『港までの道はよく渋滞する道だって知ってるだろう。どうしてバスなんかで来たんだよ』って、怒りをぶつけてしまいました。それに携帯が充電切れだったことも責めました。それで、彼女は涙を浮かべながら『ごめんなさい』って謝ってくれました。僕の気持ちは落ち着いてきたんですが、だけど、その日はお祝いすることができませんでした」


老人は、詳しい話を知らないのか、本当に興味深そうに聞いてきた。

「どういうことかね？」

「彼女は繊細なところがあって、一度落ち込んじゃうと、なかなか立ち直れないんです。それで、『今日は食事する気分になれないから、一人にしておいて』っていうことになって、また日を変えて食事することにしたんです」

「彼女はそのあと、どうしたんじゃろうな？」

「彼女の性格から考えると、おそらく自分を責めて、その日は最悪な気分ですごしたと思います。僕は、一年に一度しかない誕生日を、彼女にとって最高の日にしてあげるつもりだったのが、最悪の日にしてしまったんです」

僕は、自分を責めたくなってきた。昨晩の奈々子との会話も思い出した。これまで僕は、奈々子を何度傷つけてきたんだろう？

老人は、再びとぼけた表情になって言った。

「それにしても驚いた。君の話は、わしのたとえ話とほとんど一緒じゃ。その男も、彼女を喜ばせようとしていたはずなのに、結局、遅刻した彼女を責めてしまったという話じゃ」

「そのたとえ話でなにを言いたかったんですか？」

「その男がディナークルーズを予約したのは、彼女の誕生日を祝い、彼女を喜ばせるためじゃった。つまり、男が最も望んでいたのは、彼女に喜んでもらうことじゃ。男がこのことをはっきり意識さえしていれば、遅刻した彼女をいくらでも喜ばせることができたと思わんかね？」

「耳が痛いですが、たしかにそうですね。船が出て行ったのなら、ほかの店を探せばいいわけだし、彼女を喜ばせる方法は、ほかにもいろいろありますよね」

老人はまじめな顔で言った。

「しかし男は、自分が最も望んでいたことを忘れてしまい、彼女を責めた。その結果、彼女を喜ばせるどころか、傷つけてしまったわけじゃ。**このように、実に多くの人間が、その場の感情や衝動に動かされて、自分が望む現実とは逆の現実を創り出してしまう。そして、人生でこれを繰り返しているのじゃ**」

「僕もまったくそうです。感情や衝動に動かされて、その場をだいなしにしてしまうことが多いんです」

ふと、老人に対して素直に話している自分に気づいた。いつもの僕は、自分の未熟なところを人に話したりはしない。自分の弱みを握られてしまうような気がするからだ。しかし、老人と話していると、なんとなく安全な空間にいる感じがする。それは、老人のまなざしから、僕を責めたり裁いたりする意図がまったく感じられないからかもしれない。老人から漂ってくる線香の香りも、妙に心地いい。

老人は続けた。

「もし君が人生でそれを繰り返したくないなら、まず『人生を通じて最も望むものはなにか』をはっきりとさせることじゃ。そして、それをはっきりさせることが、中心軸を定めることになる。実に奇妙なことじゃが、多くの人間は『自分が人生で最も望んでいるものがなにか』を知らない。それゆえに、起きる出来事に振り回され、感情や衝動に流されてしまうのじゃ」

「ほかの人のことは知りませんが、今の僕は、自分が望むものを知っています。これはつまり、自分の中心軸を持っているってことじゃないですか？　今の僕は、自分が望むものを知らないから混乱しているんじゃないんです。その望むものを手に入れられないかもしれないから混乱してるんです」

「では聞こう。君が人生において最も望んでいるものはなんじゃ？」

僕は即答した。

「それは成功することです」

「では、君にとって成功するとはどういうことかね？　君は、なにをもって成功と考えるのじゃ？」

「自分の会社を大きくして、たくさんの収入を得て、周りから認められるような成功者になることです。そして、理想の家に住みたいし、妻や子どもと海外旅行にもたくさん行きたいと思っています」

「なるほど、会社を伸ばし、収入を増やし、人から認められるようになること。そして、立派な家を手に入れ、家族で海外旅行ができるようになること。これが君にとっての成功なんじゃな。では聞こう、君はそれを本気で望んでいるのかね？」

そう言うと老人は、少し疑うような表情になって僕を見た。

僕は、自分のカバンの中から、ボロボロになったノートを取り出し、老人に見せた。

会社の年商を三億円以上にすること、自分の年収を三千万円以上にすること、ビジネス誌から取材されること……僕の目標を書いてあるノートだ。写真やイラストも貼りつけてある。理想の家のイメージ写真と間取り図、庭でバーベキューパーティーをやっている場面のイラスト、行きたい国のリストとそれぞれの国の写真……。

老人は感心したようだった。

「ほー、これは素晴らしい。夢を描き、それを具体的な目標に落とし込み、ノートに書いて持ち歩いているんじゃな。しかもイメージしやすいように写真や絵もつけてある」

「このノートは僕のやる気の原動力なんです。これらの目標を達成することこそ、間違いなく、僕にとっての成功だし、僕が望んでいることなんですよ」

「なるほど、君が本気で成功を望んでいるというのはわかった。ところで、わしが聞きたいのは、君が人生において最も望んでいるもの、一番に望んでいるものじゃ」

「ですから、僕が最も望んでいるものは成功することです。つまり、そのノートに書いてある目標を達成することなんです」

6 本当の幸せとはなにか？

老人はノートを僕に返すと、ひと呼吸置いて口を開いた。

「では質問しよう。次の二つの人生のうち、仮にどちらかを選ばないといけないとしたら、どっちの人生がいいかね？　一つは、ビジネスで成功し、お金持ちになり、多くの人に認められるが、不幸な人生。もう一つは、仕事も収入も平均的で、特に多くの人から認められるわけではないが、とても幸せな人生じゃ」

「そりゃ、どっちかを選べと言われたら、あとのほうがいいですよ。どんなに成功しても、幸せにならなきゃ意味がないですからね」

「幸せかどうかが一番大切というわけじゃな」

僕は老人の質問の意図に気づいた。

「あなたが言いたいことはわかりましたよ。僕が人生で最も望んでいるのは幸せ。そう言いたいんでしょう？」

「君に限らず、**人は皆、幸せであることを心から望んでいる**。逆に、不幸になりたいと願っている者など、わしは出会ったことがない」

僕には、老人の言っていることが当たり前すぎることに思えて、ピンとこなかった。

「それはわかっています。僕が最も望んでいるものも幸せですよ。そして、このノートに書いてある目標を達成すれば、僕は最高に幸せになれるんです。だから、僕にとって最も望んでいるものは、幸せであり、同時に、このノートに書いてある目標の達成でもあるんです」


老人は笑顔を浮かべながら、僕の目を覗きこんできた。

「では、本当にそれらを達成できたら、君は幸せなのかね？」

「そりゃそうですよ。そのために頑張っているんですから」

「**世の中には、仕事で成功し、ほしかった物を次々と手に入れ、それでも幸せでない者がたくさんおる。どんなに金持ちになっても心が満たされない者。成功したのに不安と劣等感から解放されない者。目標を達成していく過程で、大切な人間関係を失くしてしまった者……**そんな者たちをわしはたくさん見てきた。中には、手に入れた地位と名声を守るために悪事にまで手を染め、人生で安らぎを味わえなくなった者もいる。彼らの多くも最初は、『成功すれば幸せになれる、目標を達成すれば幸せになれる』と純粋に信じて頑張ったのじゃ。彼らのなにが間違っていたのかね？　そして、君が彼らのようにならないと言い切れるのなら、彼らと君はどこが違うのかね？」

彼らのなにが間違っていたのか？　彼らと僕はどこが違うのか？　まったくわからなかった。そんな自分がはがゆい。もしかしたら、僕も彼らと違わないのではないか？　そんな気すらしてきた。

「正直言って、わかりません。彼らのなにが間違ってたんですか？」

老人は真っすぐに僕の目を見ながら言った。

「**本当の幸せとはなにか？　それを知らなかったのじゃ**。……彼らも幸せを望んでいたことはたしかじゃ。人は皆、意識せずとも、幸せを望み、幸せに向かって生きているのじゃからな。金持ちになることを目標にして頑張っている者は、金持ちになることが幸せなことだと、心のどこかで信じておる。人から認められるために頑張っている者は、人から認められることが幸せにつながると信じているのじゃ」

たしかにほとんどの人間は、幸せだと思うことに向かって生きているのだろう。しかし、僕の中に一つの疑問が浮かんだ。

「目標を持たずに生きている人たちはどうなんですか？　愚痴や不満ばかり言っている人たちです。彼らは幸せをあきらめているんじゃないんですか？」

「目標を持ち、それに向かって生きるくらいなら、愚痴や不満を言いながら生きるほうが、よほど気楽で幸せだ。そう信じているのじゃろうな」

「なるほど。彼らも、自分にとって幸せと思える道を選んでいるわけですね。たしかに、人は皆、幸せに向かって生きているのかもしれません」

「ところが多くの人間は、自分にとっての本当の幸せがなんなのかを知らない。その結果、本当の幸せを犠牲にして生きるはめになる。ある者はお金を得るために、ある者は人から認められるために、ある者は自分の正しさを証明するために、本当の幸せを犠牲にするのじゃ」

ここで、僕の中に再び疑問が生じた。

「『成功してお金持ちになったり、人から認められたりするためには、幸せを犠牲にしないといけない』ってわけじゃないですよね？」

老人は首を振った。

「そんなことは言っておらん。成功して金持ちになり、周りの人からも尊敬されながら、幸せな人生を楽しんでいる者もおる。彼らは、本当の幸せとはなにかを知っていたのじゃ。それを知るものにとって、成功することも金持ちになることも、人生を楽しむための一手段にすぎない。君の場合、成功することが人生の目的になっていないかね？『成功するかどうかで、自分の幸せが左右される』と思っていないかね？」

頭をガツンと殴られたような気がした。僕は認めるしかなかった。

「成功することが……目的になっていると思います」

「君にとっての本当の幸せとは、はたして成功することなのじゃろうか？」

老人の問いは、僕の心の奥深くに入ってきた。僕はその答えを探りながら、思いつくままに口にした。

「いえ、僕にとっても、成功することはもともと手段だったはずなんです。だけど、いつの間にかそれが目的になっていました。……振り返ってみれば、これまで僕は、『なにが本当の幸せなのか』ってちゃんと考えたことがありません。僕は、自分が最も望んでいるものをはっきりさせないまま走ってきたんですね」

「わしが君に『中心軸が定まっていない』と言ったのは、そのことじゃ」

「われながら、情けないです。……ん？　僕に伝えたい五文字の言葉って、『なさけない』ではないですよね？」

老人は愉快そうに笑った。

「はっはっは、それは違う」

「ではなんですか？　教えてください。今なら素直に聞けそうな気がします」

「焦らなくともよい。**人生における大切なメッセージというものは、最善のタイミングで与えられるものじゃ**。……さて、話を戻そう。君の中にぶれない中心軸を作るには、『人生で最も望んでいるもの』つまり『君にとっての本当の幸せとはなにか』を明確にする必要がある。まずは、そのための話をしよう」

「ぜひお願いします」

「では想像してほしい。君は巨万の富を手に入れ、理想とする家を建てたとする。君は幸せかね？」

「そりゃ幸せですよ」

「ただし、その家は無人島に建っているのじゃ。君はその島で生活しないといけない」

「僕以外に人はいないのですか?」

「そうじゃ。しかし君には、莫大な富があるのじゃ。世界中のどんな高額な物でも取り寄せることができる。広大な庭には、プールもあればゴルフ場もある。自宅の書棚にはあらゆる本があって、読みたい放題じゃ。ただ、人と接触することができないだけじゃ」

「ちょっと待ってください。誰とも接触できないなんて我慢できませんよ。そんな孤独な人生、間違っても幸せとは言えません」

「誰ともつながっていないというのは孤独なものじゃ。しかし、今の世の中、孤独に生きている者は決して少なくない。それも、毎日何人もの人と接していながら、孤独を感じている者が多い」

「たしかに、僕もそんな孤独感を感じることがあります。孤独な人って案外多いんじゃないでしょうか」

「海で遭難し漂流する者は、大量の水に囲まれながら、たった一杯の真水がないために渇きで苦しむ。同様に、現代人の多くは、さまざまな人間に囲まれて生きていながら、心からのつながりを感じる相手がいないために孤独なのじゃ」
老人の言うとおりだと思った。そして僕も、孤独な人間の一人かもしれない。

7 どのようにして人とつながるか？

老人はゆっくりと立ち上がり、僕のデスク横の応接コーナーへと歩きはじめた。

「人間は皆、つながりを求めている。つながりこそ、幸せであるための鍵を握るものなのじゃ。そして、ここで重要なのは、『どのようにして人とつながろうとするか』じゃ。これを間違っているために、多くの者はつながりを求めながら、真のつながりを得ることができない」

老人はソファに腰を沈め、ふうと一つ息を吐いた。

「君の目標の一つに、成功者として認められることというのがあったな。人から認められたいというのは、人とのつながりを求めておるということではないかね？」

「……そうだと思います。僕は、みんなから認められ、尊敬されるような人間になりたいんです」

「人から認められるためにはなにが必要かね？」

「それはやっぱり、結果ですね。どんなに立派なことを言っても、目に見える結果を出さないと認められないですからね。僕は経営者ですから、会社を伸ばして大きくしないと、認められないし尊敬されません」

「では君が、周りからも尊敬されるような成功者になったとしよう。それで人とのつながりを実感できるじゃろうか？　君の心は満たされるかね？」

「成功すれば、多くの人が僕に興味を持ってくれ、僕の話を聞きたがるでしょう。僕の周りには人が集まってきて、僕と出会う人は、僕と出会ったことを光栄に思ってくれるはずです。それが実現すれば、もちろん僕の心は満たされます」

「そのとき、君は人とのつながりを感じるかね？」

「はい。僕と出会ったことを喜んでくれる人たちがいて……まさしく人とつながっている感じだと思います。孤独とは無縁ですよ」

老人は疑うような表情で言った。

「本当にそうかね？」

「そうじゃないって言うんですか？」

老人は懐かしそうな表情になった。

「ある男の話をしよう。その男は商人として成功し、有名になった。多くの人間が彼を賞賛し、彼を慕って彼の周りに集まった。そして彼は、ほかのいろいろな商人に会うようになった。その中には、彼よりも大きな商売を営む者もいれば、彼よりも多くの収入を得ている者もいた。

そんな成功者たちに会うとき、彼は劣等感を感じて気後れした。『そんな成功者たちの中でも、認められる存在になって尊敬されたい』。そう考えた彼は、自分の商売をもっと大きくし、もっと多くの収入を稼ぎ、もっと名声を得たいと思った。そしてあるとき、彼は商売で大失敗をし、全財産を失ってしまった。彼の周りから多くの人が去り、彼は孤独になった」

老人は窓の外を見つめた。

「この話を聞いてどう思うかね?」

「人ごととは思えませんね。時間をかけて築き上げてきたものを、失敗によって失うとはね。僕の今の状況も、規模こそ小さいですけど、同じようなものかもしれません」

「彼は築き上げたものを失ったのじゃろうか? たとえば、人とのつながりに関してはどうじゃ？」

「成功しているときは人とのつながりもあったけど、事業で失敗したことで、人とのつながりも失ってしまったんじゃないですか？」

「どうじゃろう？　『彼は最初から、深いところでは人とつながっていなかった』と考えられないかね。彼の周りに集まった人たちも、彼自身とつながっていたのではなく、彼の出した結果に対して集まっていただけではないかね？　本当に彼という人間とつながっていたのなら、彼が失敗してピンチに陥ったときこそ、力になろうとするのではないかね？　彼は築き上げたものを失ったのではなく、築き上げていなかったんじゃ。真のつながり、本物の人間関係を」

自分のことを言われているようで耳が痛かった。

「厳しい言い方ですね。そのときの彼が聞いたら、傷つくでしょうね」

するると老人は苦笑した。

「その彼とは、若いころのわし自身なのじゃ」

老人の厳しさが彼自身に向けられたものだと知り、僕は少し安心した。

「今となっては、本当にいい経験をしたと思っておる。おかげで大切なことに気づけたからな。なぜわしが、真のつながりを、本物の人間関係を創ることができなかったのか？　その理由に気づけたのじゃ。その理由は、人とつながる方法を間違えておったからじゃ。わしは依存的な方法によって、人とつながろうとしたのじゃ」

「自ら頑張って商売を大きくし、その結果、人から認められたわけですよね。依存的というより自立している気がしますが」

「わしは当初、純粋な意欲から商売をはじめた。世の中の役に立ちたいという志もあった。ところがわしは、商売がうまくいって、人から認められるようになると、有頂天になってしまった。周りからの賞賛に酔ったのじゃ。次第にわしは謙虚さを失い、わしのことを賞賛しない人には腹を立てるようになった。また、自分よりも上に見える人と出会うと、その人から認められていない気がした。それで『もっと成功しなければ』と駆り立てられたのじゃ。これが自立していない状態だとわかるかね？」

「なるほど……周りの人からどう評価されるかによって、機嫌がよくなったり、腹を立てたり、劣等感を感じたり……精神状態が左右されたわけですから、つまり、人からの評価に依存していたということですね」

「そのとおりじゃ。他人からの評価に依存していたわしは、手に入れた評価を失うのが怖かった。そして、さらなる評価を手に入れるために頑張った。人から認められるために、幸せを犠牲にしながら突っ走ったのじゃ」

人から認められるために、幸せを犠牲にする。この言葉に僕の心は反応した。僕もその言葉どおり、幸せを犠牲にして頑張ってきたのかもしれない。

「**人に認められることを目指すということは、周りの人間の価値観に振り回されることになる**。たとえば、もし君が戦国時代に武士として殿様に仕えていたとする。周りから認められるために、君はどうすればいい？」

「やっぱり、剣術に秀でるのが一番じゃないでしょうか。そして、戦《いくさ》で武功を立てる。これで文句なく認められるでしょう」

「では、君が平安時代の貴族だったらどうする？」

「剣術が強くてもダメでしょうね。おそらく……見事な和歌を詠むとか、優美に立ち振る舞うとか、そんなことを目指すのかな。……なるほど、周りの人がどんな価値観を持っているかによって、僕が認められるためにやるべきことは、全然違ってくるんですね」

「周りに、実績で人を判断する者たちが多ければ、君は立派な実績を上げねばならない。周りに、お金や財産で人を判断する者たちが多ければ、君は金持ちになる必要がある。周りに、社会的なステイタスで人を判断する者たちが多ければ、君は立派なステイタスを手に入れないといけない」

「それって、今の世の口じゃないですか。実際、お金や実績やステイタスで人を判断する人は多いですよ。僕なんかも、相手がお金持ちというだけで、一目置いてしまいます。『すごい人だ』って思っちゃいます」

「今の世の中、目に見える結果を出した者が、人からの評価を得るようになっておるのじゃ。残念なことに、子どもたちでさえも、目に見える結果で評価されてしまうケースが多い」

たしかに子どもたちも、成績や学歴などの、目に見える結果で評価されている。成績のいい子や、いい学校に入った子は、親からも教師からも評価される。僕は自分の子ども時代を思い出した。当時の僕は、評価されている子たちと自分を比べて、「俺ってダメだな」といつも思っていた。

老人は悲しい目をして言った。

「現代は、多くの子どもたちが画一的な評価に振り回されて、自分らしさを見失い、自分を愛せなくなっておる」

智也の顔が浮かんだ。僕は学校の成績が悪くて自信を失くしてしまったが、学校に行けない智也は、おそらく子どものころの僕以上に劣等感を感じているだろう。自分のことを愛せなくなっているに違いない。そんな智也に僕は「ダメな子は嫌いだ」なんて言ってしまった。


老人は話を進めた。

「**大人も子どもも、周りから評価されるために、目に見える結果ばかりを追い求める。そして、自分らしさを埋没させてしまっているのじゃ**」

「自分らしさなんて目に見えないし、それを大切にしたところで、誰から評価されるわけでもないですもんね」

「かつてのわしも、目に見える結果として、実績や財産をどこまでも大きくしようとしたのじゃ。しかし、どこまで業績を伸ばしても、どれだけ財産を増やしても、上には上がいた」

「それはそうでしょうね。すべてにおいて世界一にでもならない限りは」

「**目に見える結果によって人から認められようとする限り、比較の世界にはまり込んでしまう。比較の世界では、自分の相対的な価値は上がったり下がったりするのじゃ。**わしは人と出会っても、相手の業績や財産を自分のそれと比べ、相手が上だと思うと劣等感を感じて卑屈になり、相手が下だと思うと見下して優越感にひたった。

そしてわしは、劣等感から逃れ、さらなる優越感を味わうために、業績や財産を拡大しようとしたわけじゃ。そんなわしにとって、周りは敵だらけじゃった。比較の世界は競争の世界、戦いの世界じゃからな」

まったく人ごとではなかった。老人の若いころの話は、今の僕にそっくりだ。

8 行動の動機は二つしかない

老人は咳払いを一つすると、ソファに沈めた体を少し起こした。

「**人は皆つながりを求めておる。しかし、人から認められることでつながりを得ようとすれば、人の価値観に振り回され、結局は人を敵にしてしまう**」

「それじゃあ、人とはつながれないんですね。なのになぜ、人から認められるために頑張っちゃうんでしょう?」

「ここで重要なことを教えよう。いいかね、**人間の行動の動機は、突き詰めていくと愛か怖れのどちらかしかないのじゃ。このことを知ると、自分の行動の背後にあるものを理解できるようになる**」

「行動の動機が、愛か怖れの二つしかない? ……たとえば怒りというのはどうですか? 僕は、やる気が落ちている社員を見ると腹が立ってきます。『やればできる』って僕が励ましているにも関わらず、行動量を増やさないんです。そんなとき、怒りをぶつけるような叱り方をしてしまいます。特にその社員のためを思って叱っているわけではなく、ただ、腹が立って叱っているんです。この場合、僕の行動の動機は、愛でもなく怖れでもなく、怒りですよね」

「君が公園のそばを歩いていたら、五歳くらいの男の子がきたとする。嬉しそうにおもちゃの刀を振り回し、君に切りかかってきた。怒りが湧いてくるかね」

「まさか。そんなことで怒ったりしませんよ」

「君は、その小さな子どもを怖いと思わんじゃろう。だから怒りが湧いてこないのじゃ。やる気が落ちている社員に関してはどうじゃ。『彼の状態が、会社に悪影響をもたらすのではないか』という怖れはないかね？　あるいは、自分がいくら励ましても彼の行動量が増えないわけじゃから、『自分が無視されているのではないか？』、あるいは『経営者として尊敬されていないのではないか？』、そんな怖れもないかね」

「あ、あります。全部」

「君の中の怖れが、彼を敵として捉え、怒りという感情を生み出すのじゃ。怒りの背後には怖れがあるのじゃ」

「……では、こういうのはどうなんでしょう？　僕は旅行が好きなんです。しばらく行ってませんけどね。学生時代はよく一人旅もしました。一人旅ってけっこうワクワクするんですよ。自分がワクワクするから旅行するっていうことの動機は、愛でも怖れでもないんじゃないですか？」

「自分が感じていることを大切にしようとするのは、自分に対する愛じゃ」

「あっそうか、自分への愛というのもあるんですね」

「自分を愛することも、ほかの人を愛することも本質は同じじゃ」

老人は続けた。

「さて話を戻そう。当時のわしは、愛ではなく怖れにもとづいて行動していた。**『人から認められたい』という衝動も、怖れからきていたのじゃ。**自分では気づいていなかったがね。**その怖れとは、人から見限られることへの怖れ、相手にされなくなることへの怖れ。つまり、つながりを失ってしまうことへの怖れじゃ。これは同時に、自分の存在価値に自信を持てなくなることへの怖れでもある**」

これらの怖れは、明らかに僕の中にもある。そのことに気づいた。僕が混乱しているのは、この怖れのせいに違いない。

僕を見つめていた老人がなにかに気づいた。

「怖れを認めることができたようじゃな。**怖れに支配されないためには、まず自分の中の怖れを認めることが必要じゃ**。

しかし、当時のわしは、その怖れを認めたくなかった。感じたくなかった。そして、怖れを感じないで生きるためには、人から認められ続けるしかなかったのじゃ。そのためにわしは頑張った。怖れを感じまいとして頑張ったわけじゃから、怖れを動機にしていたとも言える。怖れによって駆り立てられていたのじゃ。

そしてわしは、商売をつぶすことになった。目に見える結果ばかりを追い求めて、商売の規模の拡大ばかり目指したわしは、中身の充実をおろそかにしたのじゃ。つまり、商売において一番大切なこと、事業において一番大切なことを、おろそかにしたのじゃ」

そう言うと老人は、僕に視線を向けてふいに黙った。事業において一番大切なこととはなにか？　その答えを僕に求めているような目だった。僕は頭を回転させたが、これだと思う答えが見つからなかった。そして、目で老人に助けを求めた。

「難しいかね？　商売において、事業において、一番大切なこと。それは、世の中に貢献することじゃよ」

「社会貢献ってやつですか？　僕には、今一つピンときませんが、事業が大きくなったらそれが一番大切になってくるんですか？」

「事業が大きくなったら、ではない。すべての商売や事業において、最初からそれが一番大切なことなんじゃ」

「すべての商売や事業ですか？　ですが、うちのような会社にはまだ無理ですよ。もっと事業規模が大きくなってからでないと、そんな余裕は出てきません」

「君は、世の中への貢献と聞いて、慈善事業とか、寄付とか、文化支援とか、そんなことを想像したのじゃないかね？」

「はい、そうですけど」

「もちろん、そうした活動も素晴らしいことじゃ。しかし、もっと基本的なことがある。事業の大小を問わずできることじゃ。それは、**まず従業員に幸せになってもらうこと。そして客、取引先など、事業に関わるすべての人たちに喜んでもらうこと。これを徹底的に実践することじゃ。**

自分の事業から幸せな人の輪が広がっていけば、これこそが世の中への大きな貢献となる。幸せな社会の土台ができるのじゃからな。この基本を忘れて成長ばかりを追い求める企業は、長期的に見れば、いずれ不安定になるのじゃ」

そのとおりだ、と思った。まず社員や顧客の幸せを願う。僕はそんな基本的なことも忘れていた……。

老人は続けた。

「この社会貢献は、会社だけでなく家庭においてもできる。**家族に喜んでもらうこと。幸せな家庭を築くこと。そこから周囲の人たちに幸せが広がっていくのだから、これも素晴らしい社会貢献じゃ**」

幸せな家庭を作ることが社会貢献だとは、今まで考えたことがなかった。だけど、そのとおりだ。僕は何度もうなずいた。

「家族の幸せそうな笑顔を見ていると、君も幸せな気持ちになってくるじゃろう。同様に、従業員が幸せであるというのは、経営者にとっても幸せなことじゃ。また、客や取引先の喜ぶ顔を見るのは、なんとも嬉しいものじゃ。

この『相手を幸せにしよう、喜ばせよう』という気持ちが愛じゃ。若かったころのわしは、急成長を目指すあまりに、従業員たちや客の幸せを考えることがあと回しになってしまった。つまり、怖れに駆り立てられて、愛を忘れてしまったのじゃ。その結果、優秀な従業員が次々と辞めていったり、客からの評判が悪くなったり、ほかにもいろいろな歪みが出てきて、商売をつぶすにいたったのじゃ」

「人ごととは思えません。僕自身、うちの社員の幸せをどのくらい考えていたか……顧客企業の社員の皆さんに対しても、『幸せになってもらいたい』と、どのくらい思っていたか……僕の経営には愛が欠けていました。それを考えると恥ずかしくなってきます。僕の動機のベースにあったのは、自分の会社をつぶすことへの怖れとか、負け組になることへの怖れとか、人から認められなくなることへの怖れとか……怖ればかりだったと思います」

9 自尊心を自分で満たす

老人は立ち上がると、両手を後ろに組んだ。そしてゆっくりと歩きはじめ、僕の前で立ち止まった。

「人間は、怖れによって行動するとき、本当の幸せから遠ざかっていく。よく覚えておきなさい。本当の幸せは、愛に生きるとき、もたらされる。われわれは、愛に生きるとき、幸せに人とつながることができるのじゃ」

「怖れじゃなくて愛に生きるんですね。……だけど、怖れって消すことができるんですか?」

再び老人は歩きはじめた。

「消せなくてもよい。怖れは誰にでもある。大切なのは、怖れに支配されないことじゃ。怖れがあっても、愛による行動を選択できるようになればよいのじゃ。そして、その鍵を握るのが自尊心なのじゃ。自尊心を自分で満たすことができるようになれば、人から認められなくなることへの怖れや、相手にされなくなることへの怖れに支配されなくなる」

「自尊心?」

「**ここで言う自尊心とは、自分のことを価値ある存在として認め、尊重し、信頼する心じゃ。この自尊心を自分で満たせない者は、その不足分を、他人から認められることで補おうとする。しかしこれでは、人からの評価に依存することになってしまい、人から認められなくなることへの怖れがつきまとう。逆に、自尊心を自分で満たすことができたら、人からの評価を怖れなくてすむというわけじゃ**」

老人はミーティングスペースの前までくると、僕のほうを振り返った。

「君自身はどうじゃ?　自分のことをどのくらい認めているかね?」

僕は少し考えてしまった。

「……正直言って、今の僕は自分のことを認められません。僕の自尊心はボロボロかもしれません。自分を誇らしく思っていた時期もあるんですけどね」

「それはいつごろかね?　また、どうして今は、自分のことを認められないのかね?」

「昨年度までは、毎年目標を達成して会社も成長し、僕の収入も年々増えていきました。成功への道を真っしぐらに進んでいる自分が誇らしかったし、自分のことを認めることができました。しかし今は、社員にも裏切られ、目標達成も絶望的な状況です。こんな情けない自分を、とてもじゃないけど認めることはできません」

老人はゆっくりと僕のほうへと歩いてくる。

「君は、目に見える結果によって、自分自身を評価しているようじゃな。目に見える結果が出ているときは自分を評価し、結果を出せないと、自分の評価も下げてしまう。だとすれば、君は自分自身に評価してもらうためにも、目に見える結果を出し続けないといけない。しかし、これは大変じゃ。結果というものには必ず波があるからな」

「……では、結果じゃなく、行動に焦点を当てるべきなんでしょうか？　そうすれば、自分がベストを尽くして行動してさえいれば、結果はどうであれ自分のことを評価できます」

「行動によって評価するのなら、君は今の自分を認めることができそうかね？」

「……いえ、僕なりに頑張ってはきましたけど、ベストを尽くしたと言えるかどうか…

…いや、まだまだできたはずです。情けないですが」

老人は優しいまなざしを僕に向け、微笑んだ。

「結果に波があるように、行動にも波がある。人間は、頑張りたくても頑張れないときがある。特に、精神的に疲れているときや落ち込んでいるときは、行動も止まってしまうものじゃ。行動によって自分を評価するとしたら、行動できないときの自分を認めることができなくなるじゃろう。そしてその考え方では、行動できない他人をも裁くことになるのじゃ」

奈々子と智也のことを思い出した。僕は、頑張れない奈々子と智也を心の中で裁いてきた。行動できない二人を受け入れられなかった。僕が「頑張れ」という言葉で二人に要求してきたのは、行動だったのだ。

老人は、僕と向かい合う椅子に再び腰を下ろした。

「**行動や行為のことをDoing（ドゥーイング）という。そして、その結果得られるものをHaving（ハビング）という**。子育ての例で話そう。親が期待するような行動を取ったときに、『いい子だね』と褒《ほ》める。これはその子の行動、つまりDoingを評価したことになる。また、子どもがいい成績を取ったときに、その成績を褒める。これは、その子が手に入れた結果、つまりHavingを評価したことになる。

しかし、**DoingもHavingも、その子自身ではない。その子の付属物じゃ。一方、その子自身のことをBeing（ビーイング）と言う。Beingとは、その子の存在そのもののことじゃ。人間はDoingやHavingでばかり評価されていると、自分の存在、つまりBeingが不安になってくる。『そのままの自分ではダメだ』と思えてくるのじゃ**」

「褒めてやったり、評価してやったりすれば自信がつくんだと思ってましたけど、そうじゃないんですね」

「具体例で話そう。ある秀才の男の子がいて、彼は成績がいいことばかりを褒められて育った。Having ばかり評価されて育ったわけじゃ。その結果、彼は『いい成績を取らなければ自分には価値がない』と思うようになった。つまり、『そのままの自分ではダメだ』と思うようになったのじゃ。彼は大人になった今も、人から評価されなければ安心できない。そして、出世競争に時間と労力を捧げるようになり、自分の人生を楽しむことができなくなったのじゃ」

その話を聞いて、高校時代のクラスメートの一人を思い出した。彼は学年で一番の優等生で、有名大学に進学し、そして有名企業に入社した。数年前の同窓会のときに聞いた噂では、エリートコースを歩んでいるらしかった。ところが昨年、街でばったり会ったのだが、彼は驚くほどやつれていた。最年少で課長になったことを自慢していたが、休日返上で働いているらしく、明らかに疲れ切った表情だった。

その彼のやつれた顔を思い出しながら、僕は老人に尋ねた。

「その話って、僕の友だちの話じゃないですよね？」


老人は、受け流すように笑った。

「はっはっは、君の友だちをわしが知っていると思うかね？　こんなのは、よくある話じゃ。もうひとつ、ある女の子のケースも話そう。その子は、母親から『積極的であってほしい。社交的であってほしい。友だちをたくさん作ってほしい』と期待されて育った。しかし実際は内気な性格で、友だち付き合いが苦手だった。一人か二人の、よほど気の合う子としか遊ばなかったし、しかも自分から遊びに誘うことはなかった。なによりも、本を読むのが好きだったのじゃ。

そんなわが子を見て母親は、『あなたは、どうして積極的でないの？　どうして友だちと遊ばないの？』と、いつもため息をついた。つまり、『友だちと遊ぼうとしない』という、その子のDoingを嘆いたのじゃ。その結果、その子は『そのままの自分ではダメだ』と思うようになって、自信を失ったのじゃ。

この女の子も、秀才の男の子も、Doing やHaving に焦点を当てられて育った結果、自分のBeingに、そのままの自分に、自信が持てなくなったわけじゃ」


「ところで、女の子のほうも、大人になってから人生を楽しめなくなったのですか？」

「いや、その子が高校生のとき、その子の母親の心が変わった。その子の存在をそのまま受け入れるようになったのじゃ。『どんなときのあなたも愛しているよ。あなたがいてくれることがお母さんの幸せなのよ』というメッセージがその子に伝わり、その子の自尊心は満たされていった。その子は自分らしさを愛せるようになり、大人になって小説を書くようになった。今は作家としての人生も楽しんでおる」

まさかと思いながら、僕は尋ねた。

「その作家って誰ですか？」

老人が答えた名前は、僕の予想どおりの名前だった。

「その子、僕の小学校時代のクラスメートなんですよ！」


ほんの数日前のことだった。僕の斜め前に座っている社員のデスクに、色鮮やかな表紙の文庫本が置いてあるのが目に入った。僕は小説を読まないので興味はなかったのだが、作家の名前に目がとまった。小学校六年生のときに好きだった女の子——僕の初恋の相手！——と同じ名前だったのだ。僕はすぐにその本を見せてもらった。表紙をめくると、作家の顔写真が載っていた。大人の顔になってはいたが、明らかに見覚えのある顔だった。プロフィールを読むと、今は結婚しているが、独身のときに実名でデビューしたらしい。

社員の話では、ここ数年で何作もヒットを出しているとのことだった。僕は驚いた。小学生のころは内気でおとなしくて、昼休みも教室で本を読んでいた彼女が、今や人気作家になっていたとは。内気で読書好きだったことが、彼女の才能を花開かせたのだろう。……そんなふうに感心したのが、ほんの数日前のことだった。

「君のクラスメートだったのかね？　わしは小説が好きなんで、さまざまな作家のことをよく知っておるが、まさか彼女が君のクラスメートだったとはな。驚いたわい」

老人はまったく驚いているようには見えなかった。老人は、彼女が僕のクラスメートだったことを知っていて例に出したのではないか？　だとしたら、秀才の男の子の話も、僕のクラスメートのことなのではないか？　そんな疑問も浮かんだが、考えすぎのようにも思えた。

老人は続けた。

「大切なことは、そのままの Being を受け入れられた彼女が、自分らしさを愛せるようになったということじゃ。彼女の自尊心は満たされたのじゃ」

僕は昨晩の智也の姿を思い出した。うつむいて、目から涙をこぼしながらも、泣くのを我慢していた智也。智也は学校へ行くという行動ができないことで、自信を失っている。そんな智也を僕は「ダメな子」と呼んでしまった。

僕は智也のことを老人に話した。小学校四年生であること。学校に行っていないこと。

自信を失くしているということ。

「彼が学校に行こうが行くまいが、そんなことは彼の人間としての存在価値とはなんら関係がない。彼はそのままで、かけがえのない尊い存在じゃ。そうじゃろう?」

「まったくそのとおりです。だけど……智也の自尊心は、空っぽかもしれません」

「多くの不登校の子にとって一番つらいのは、学校に行けないことではない。『学校に行けない自分はダメだ』と思い込むことで劣等感を味わい、自尊心を失うこと、それが一番つらいのじゃ。**教えてあげなさい。『君はそのままで素晴らしい存在なんだ』と。子どもの自尊心は、いい成績を取って褒められたときに満たされるのではない。悪い成績を取っても抱きしめられたときに満たされる。学校へ行けなくても抱きしめられたときに満たされるのじゃ。自分のDoingでもHavingでもなく、自分のBeingをそのまま無条件に受け入れられたときに、その子の自尊心は満たされるのじゃ**」

君はそのままで素晴らしい……これこそ、僕が智也に伝えるべきメッセージだった。だけど実際、僕が「頑張れ」という言葉で智也に伝えてきたのは、「そのままの君じゃダメだ」というメッセージだったのだ。そのことがどうしようもなく悔やまれた。少しでもその穴埋めをしたい。そのためには、僕の親としての愛を、智也のDoingやHavingではなくBeing――そのままの智也――に向けていく必要があるのだろう。

老人は、まるで僕の思いを確認したかのようにうなずいた。

「自分自身に対しても同じように考えればよい。自分を行動や結果で評価するのではなく、自分という存在をそのまま認めるのじゃ。**われわれの最大の価値は、取った行動や出した結果にあるのではなく、存在することにあるのじゃ。これに本当に気づくとき、自尊心は満たされてゆく**」

「存在することが最大の価値……ですか。うーん、自分に対してはなかなか思えないですね。僕は、父親としても夫としても、ふがいない人間です。そんな僕が、存在するだけでも価値があるなんて……正直言って、思えませんね」

「**わしが最初に、『君の中に偉大な力がある』と言ったことを覚えているかね？**」

「**はい、『その力にアクセスして真の豊かさを実現するためには、知るべきことがある』と**」

10 明かされる〈三つの真実〉

老人は静かにうなずき、僕を正視して言った。

「**その知るべきことを、今から教えよう。それは三つの真実じゃ。その真実は、君が自尊心を満たし、本当の幸せにいたるのを助けてくれる。そして、その三つの真実を自分のものにしたとき、君は愛を動機に生きることができるようになる。そのとき、君は揺るぎない中心軸を確立したことになるのじゃ**」

僕はそれを心から知りたいと思った。それを知ることは、僕の人生に大きな変化をもたらすに違いない。そして、それを今から知ることができるのだ！　僕は姿勢を正した。

「教えてください」

「いいじゃろう。**まず第一の真実は、『人間は肉体を超えた存在である』ということじゃ**」

「肉体を超えた存在？　どういう意味ですか？」

「自動車王のヘンリー・フォードを知っているじゃろう。彼は成功する前から、自分のことを『宇宙の無限の宝庫とつながった存在』だと考えておった」

「宇宙の無限の宝庫とつながった存在……ですか？　なんともまた、大きく考えていたんですね」

「彼は人間の本質を知っていたのじゃ。そして、そのことを知っていたことが成功の秘訣だったと言っておる。中国の孟子もこんなことを言っておる。『万物みな我に備わる』と。古来、幸せに成功した者の多くは、自分を単なる肉のかたまりだとは思っていなかったのじゃ。君はどうかね？　自分のことを何者だと考えているかね？　もしかして君は、君のその体こそが自分自身だと思っているのかね？」

「え、どういうことですか？　この体の中に、僕の脳も心臓もすべて入っていますし……この体が僕自身だと思いますけど」

「君の身長と体重は？」

「身長は一七二センチ、体重は六十五キロくらいです」

「君は、身長一七二センチ、体重六十五キロの肉のかたまりを自分だと信じているのかね？　そのように有限なる小さな自分で、大きな夢を叶えようとしているとしたら、なんとも心細いことだとは思わんかね？」

「たしかにそうかもしれませんが、だけどこれは実際、僕の体だし……」

「君は今、『僕の体』と言った。その言葉は、体が君の所有物であることを表わしているのではないかね？　ということは、その体を所有する君は、体とは別の存在なのではないかね？」

そう言うと、老人はいじわるを楽しむ子どものように笑った。

「あ、では、言い方が間違ってるんですね。正確に言うと、『僕の体』ではなくて、『僕は体』になるのかな？　ん？　……なんか混乱してきましたけど、実際にここに体があることはたしかですよね？」

「わしは、肉体の存在を否定しているわけではない。肉体は大切な道具じゃ。実に素晴らしい機能を備えておる。だけどそれは君自身ではない。よいかね。**自分のことを何者だと考えるかが、とても重要なのじゃ。人間は自分が考えているとおりのものになるからじゃ。**タカのひなをニワトリと一緒に育てると、タカは自分をニワトリだと思ってしまい、大きくなっても空を飛ぶことはない。同様に、自分のことを、肉体という小さな器に限定された存在だと思っている人間は、その弱小感ゆえに、それだけの力しか発揮しないのじゃ」

弱小感という言葉に引っかかった。僕は自分に、〈ミスター目標達成〉という肩書きをつけ、自分を鼓舞し続けてきた。だけど心のどこかに、自信のない自分がいる。大きな会社のトップに会うと引け目を感じてしまう。お金持ちに会うと劣等感を感じてしまう。僕は心の底で、自分のことを小さくて弱い存在のように感じているのではないだろうか。

老人は続けた。

「唯物論という考え方では、人間は肉体以外の何者でもないことになる。つまり、人間は物質の集合体にすぎないというわけじゃ。そして、人間の意識も、脳が作り出した物理的作用ということになる」

「それって間違ってるんですか？　意識というのは、脳の活動じゃないんですか？」

「君の脳が停止するとき、君の意識も消滅するのじゃろうか？　君の肉体が死ぬとき、君自身も完全に消滅するのじゃろうか？」

「ちょっと待ってください。魂とか霊とか、そんな宗教がかった話になるんじゃないでしょうね？　そういう話は、ちょっと苦手なんです」

僕は苦い経験を思い出した。社会人になって二年目のころだったが、会社の先輩に声をかけられて、霊能者と言われる人のところに連れて行かれたことがある。その霊能者が言うには、僕に悪い霊が憑いていて、お祓《はら》いをしないといけない。そうしないと僕の運はよくならない、とのことだった。僕は、高いお金を払ってお祓いとやらをしてもらった。当時、営業の仕事の成績が悪くて悩んでいたこともあって、不安要素を解消したかったのだ。だけど、営業成績もよくならなかったし、運もよくならなかった。

僕は、そのことを老人に話した。

「払ったお金が高かったせいもあって、思い出すたびに腹が立つんですよ。騙《だま》された僕が悪いんですけどね。まあ、そんなこともあって、宗教がかった怪しい話は聞かないようにしているんです」

「わしは宗教の話をしようとしているのではない。人間の本質について話そうとしているのじゃ。君が人間の本質を知っておれば、そんな話に騙されることもなかったはずじゃ。望む人生を実現する力も、運命を好転させる力も、すべて自分の中にあるのじゃからな。もっとも抵抗があるなら、この話はやめてもよいのじゃが」

「いや、待ってください。やっぱり聞かせてください」

「では、続けよう。**人間は、肉体を超えた存在なのじゃ。フォードが言ったように、人間は宇宙の無限の宝庫とつながっておる。また、すべての人間は、意識の深いところで、お互いつながっておる**」


たしかに、僕が今まで読んできた成功法則の本の中に、そんなことが書いてあるものもあったと思う。だけど僕は、自分の考えと相容《あいい》れない箇所は、読み飛ばしてきた。

「その無限の宝庫にしても、自分が本当につながっているとしたら、そりゃ勇気百倍になりますけど、見てたしかめることができませんよね。それに、人間の意識がつながっているって言われても、信じられませんよ。僕たちの脳は、一人ひとりの頭蓋骨の中に入っていて、つながってはいないですからね」

「そう考えるのも無理はない。『意識は脳が作り出している』と信じているのならばな。……君は、虫の知らせという言葉を聞いたことがあるかね?」

「それは知っています。たとえば、家族の誰かが事故にあったときなんかに、自分はその場から離れたところにいたのに、嫌な予感や胸騒ぎがしたとか。そういうやつですよね。僕の友人でそんな経験をしたやつがいるんですよ」

「なぜ離れた場所にいる家族のことがわかるのか? それは意識がつながっているからではないのかね? 『人間は肉体だ』と信じておったら、理解できぬことじゃろう」

「うーん、たしかにそうかもしれませんね。……一つ、思い出したことがあります。実は僕も、それに近い経験をしてるんです。昨年のことですけど、田舎に住んでいる祖父が夢の中に出てきたんです。祖父とは何年も会っていませんでした。そして翌朝、『夜中に祖父が亡くなった』という連絡が届いたんです」

「人間の脳が意識を作っているのなら、肉体的に離れている人間の意識が、自分の意識に届くことはあるまい。『人間の意識は、肉体を超えた存在である』と考えるならば、こうした現象も説明がつく。それとも君は、それを単なる偶然と片づけるのかね?」

「いえ、そのときは、単なる偶然とは思えませんでした。祖父が会いにきてくれたんだ、と思いました」

「君は直感的に、おじいさんの意識が会いにきてくれたと感じた。つまり、おじいさんの魂の存在を感じたわけじゃ。そのときに、自分が信じてきた唯物論に疑いを持たなかったのかね？　人間の意識は脳や肉体を超えたものではないか？　魂は存在するんじゃないか？　そんなふうには考えなかったのかね？」

僕は少し恥ずかしい気がした。あのときは、「不思議だな」と思ったのに、そのあとは忙しさを理由にして、それ以上考えようとしなかったからだ。

「祖父のことは、今日まで忘れてました。……ところで、コーヒーでもいれましょう」

11 意識と脳の関係

僕が渡したコーヒーにふうふうと息を吹きかけながら、老人は言った。

「フロイトという心理学者がいた。無意識というものを発見した心理学者じゃ。われわれの意識には、自分で意識できる顕在意識のほかに、自分では意識できない領域がある。それが無意識、あるいは潜在意識と呼ばれるものじゃ」

「それは知っています」

「では、同じく有名な心理学者なんじゃが、ユングを知っているかね？」

「名前は聞いたことがあります」

「すべての人間は意識の奥底でつながっている、ということを発見した心理学者じゃ。すべての人間をつなぐ意識の海のようなものを、ユングは集合的無意識と呼んだ」

「たしかに、人間の意識がつながっているのなら、虫の知らせという現象も説明できますね。ですが、意識というのは脳の活動が作っているものだと思っていたので、ちょっと混乱してます」

「脳が意識を作っているのではない。意識が、脳という道具を使っているのじゃ。脳はコンピューターのような優れた道具じゃ。しかしコンピューターは、それを操作する人間がいないと動かない。同様に君の脳も、それを使う君がいないと動かないのじゃ」

僕は、老人の話に純粋な興味を感じたが、同時に抵抗も感じた。老人の話を受け入れてしまうと、今まで僕が信じてきた世界観が変わってしまうような気がする。それはなにか、とても面倒くさいことのように思えるのだ。

老人は、それを見透かしたような顔で微笑み、さらに話を続けた。

「人間の体が細胞でできておることは知っているじゃろう。そして、その細胞は途方もない数の原子からできておる。つまり、人間の肉体は原子が集まってできておる」

「ええ、それはなんとなく知っています」

「ルドルフ・シェーンハイマーという分子生物学者が、驚くべき事実を突き止め、それを証明した」

「どんなことですか?」

「われわれが食物を食べると、分解された栄養は細胞に取り込まれ、その原子が古い原子と入れ替わるのじゃが、人間の肉体を構成する原子は、一年もすれば入れ替わってしまうのじゃ」

「一年で？　脳細胞の原子もですか？」

「そうじゃ。脳細胞であろうが骨の細胞であろうが、細胞を構成する原子はすっかり入れ替わるのじゃ。肉体を構成する要素が入れ替わるということは、物質としての肉体は、一年でまったく別のものになるということじゃ。では、どうじゃ？　君は一年前の君とは別の人間かね？」

「いえ、生まれてから今日まで、僕は僕です」

「肉体の構成要素がすっかり入れ替わっても、君は別人にはならない。君は肉体ではないからじゃ。肉体という物質が入れ替わっても変わらない本体。それが君じゃ。人間は肉体を超えた存在なのじゃ」

「それは驚きましたね。だけど、頭がよけい混乱してきました。自分が肉体を超えた存在だとしたら、どこにいるんですか？　目で見ることができたら信じることができると思うんですけどね」

「目に見えないものは信じないということかね？　君はその肉眼に絶対的な信頼を置いているようじゃ。君は、『肉眼で見えるものこそが真実である』と信じているのじゃな。だからといって、『目に見えないものは存在しない』と決めつけて、すべて否定するのはどうじゃろう？　肉眼というのは、それほど万能なものじゃろうか？」

「少なくとも、この目でたしかめることができるものは、なによりたしかじゃないですか」

「本当にそうかね？　この空気中には酸素や窒素の分子がたくさん飛び交っている。また、テレビやラジオや携帯電話の電波も飛び交っている。君の目にはそれらが見えるかね？」

「えっ……いや、見えません」

「さまざまなものが飛び交う空間も、肉眼で見るとなにもない空間に見える。目から入ってくる情報は、なんとも不たしかではないかね」

僕は反論できなかった。「目に見えるものこそなによりたしか」と言った自分が、とても浅はかに思えてきた。

老人は続けた。

「現代は、電子顕微鏡で分子の動きを見ることもできるし、電波で放送されたものをテレビの画面で見ることができる。だから君は、分子や電波の存在を疑わないじゃろうが、もし君が江戸時代の人間だったら、わしが分子や電波の話をしても信じないのではないかね?」

「……おそらく、信じないでしょうね」


ふいに老人は、オフィスの壁を指差した。

「ところで、そこに壁があるが、その壁にすき間や穴はあいているかね?」

「いえ、壁の向こうは隣の会社です。すき間も穴もあいていませんよ」

「そうじゃろうか? 壁がなんの素材でできているかは知らんが、どんな素材もミクロに見れば分子でできており、さらに分子は原子からできておる。つまり、その壁も原子の寄せ集めじゃ。ところで、原子の構造を知っているかね? 中心に原子核というのがあり、その周囲を電子が回っている。原子核と電子の間は、なにもない空間じゃ」

「昔、学校で習ったような気がします」

「原子核を仮にバレーボールくらいの大きさだとすると、電子は野球のボールよりも小さくて、十キロ以上も離れたところを回っていることになる」

「十キロ！　じゃあ、その十キロの空間にはなにもないのですか？」

「そうじゃ。原子核と電子の間にはなにもない。つまり、原子はスカスカなのじゃ。ということは、そこの壁も本当はすき間だらけということになる」

「しかし、そんなふうに見えませんが」

「そんなふうに見えんのじゃ。君が絶大な信頼を置いている肉眼ではな。**われわれは、真実をありのままに見ているわけではない**。肉眼で見える情報は、人間にとって都合のいいように加工された情報なのじゃ。しかし、『肉眼で見えるものこそ真実だ』と思ってしまう。これは催眠術のようなものじゃ」


「催眠術？　どういうことですか？」

「一人の人間に催眠術をかける場面を想像してみるとよい。たとえば、目を閉じさせて催眠状態に誘導し、こんな暗示をかけるのじゃ。『今からあなたの右手に重たい金属のかたまりを置きます。重すぎて、あなたは五秒と持つことができません』。そしてその者の右手に、実際はカボチャかなにかを置く。催眠術にかかった場合、その者はカボチャを重く感じてしまい、持っていられなくなる。カボチャであるという真実よりも、重い金属であるという暗示を信じるからじゃ。

君は、生まれてから今日まで、肉眼をはじめとする五官で世界を認識してきた。五官というのは、目、耳、鼻、舌、皮膚の五つの感覚器官じゃ。それによって世界を認識してきた君は、『五官から得られる情報こそが真実である』という催眠術にかかっているのじゃ。特に視覚、つまり肉眼から得られる情報を絶対的に信じておる。そのために、目に見えないものに対しては、根拠がなくても否定的なスタンスを取ってしまう」

僕は心の中で唸った。なるほど！　目から入ってくる情報は、ありのままの真実ではない。なのに僕らは、目で見えるものが最もリアルな現実だと思っている。感覚を過信しているわけだ。……突然、僕の中に一つの考えがひらめいた。

これって、一種のバーチャル・リアリティのようなものではないだろうか？

僕は、その考えを老人に聞いてもらいたくなった。まずは、バーチャル・リアリティというものについて説明する必要がある。

「こういうことかな、って思ったんです。ちょっと聞いてください。……最近のゲームセンターなんかに置いてあるゲームで、ものすごくリアルなのがあるんですよ。たとえば、敵の本拠地に侵入して戦う設定なんですけど、映像も音も立体的で、本当にそこで敵と戦っているような感覚になってきます。現実じゃないのに、現実感があるんですよ。こういうのを、バーチャル・リアリティって言うんですけどね」

「仮想現実のことじゃな」

一から説明するまでもなく、老人は知っているようだ。僕が意外そうな顔をしていたのだろう、老人は説明した。

「わしは、この時代の常識や技術をひととおり知っておるのじゃ。また、この時代にいたるまでの科学史上の発見なども頭に入れておる。わしのような仕事をする者には不可欠なんでな」

この老人が今どんな仕事をしているのか、そこにも興味があった。だけど、それ以上に僕は、自分の思いついた考えを早く老人に伝えたかった。

「それで、ゲームの話なんですが、コンピューターが創り出すバーチャル・リアリティ空間にしばらくいると、まるでそれが現実世界のように感じられてきて、現実じゃないってことを忘れてしまうんです。

もしかしたら、五官で認識している世界というのも、精密なバーチャル・リアリティ空間のようなものなのかもしれない。そう考えるとわかりやすいと思うんです。生まれてから今日まで、その空間の中で生きてきたんで、まるでそれが真実であるかのように感じられるわけです。そして、その空間の中では、『肉体こそが自分自身である』と感じられる」

老人は感心したような顔でうなずいた。

「これはまた、見事にわかりやすいたとえじゃな。バーチャル・リアリティも、『感覚に騙されやすい』という人間の性質ゆえに成立する。人間が五官の催眠術にかかるのも、同じ性質ゆえじゃ。よいたとえじゃな」

老人はとても喜んでいるように見えた。そして僕も、真実を探求することの喜びのようなものを感じはじめていた。

12 宇宙に意志はあるのか？

ごくりとコーヒーを飲んだ老人は、コーヒーカップの絵柄を眺めながら言った。

「五官は人間にとっては便利な道具であるし、大切にする必要がある。しかし、**五官にばかり頼りすぎると、目には見えない大切なものを見すごしてしまうのじゃ**。目には見えない大切なものをな」

「たしかに、今の世の中、物品とかお金とか、目に見えるものばかりが追求されていて、目に見えないものがおろそかにされているような風潮があると思います。……人の心とか、思いやりとか、幸せとか、すごく大切なものなのにおろそかにされがちです。目に見えませんからね」

「そうじゃな。ヘレン・ケラーも、こんなことを言っている。『**最も素晴らしいものや最も美しいものは、目で見ることも手で触れることもできない。それは心で感じるものです**』とな。……命も、目には見えないが大切なものじゃ。命の偉大さ、尊さを知ってもらうために、この話をしよう。

われわれの肉体はもともと、母親の胎内でたった一つの細胞であった。しかし、そこに命が宿ると、その細胞は分裂をはじめる。赤ちゃんとして生まれてくるころには、細胞の数は三兆個になり、大人になるとおよそ六十兆個にもなると言われておる。

細胞一個に含まれる遺伝子には、三十億の化学文字で書かれた情報が入っておる。その遺伝子が、細胞の一個一個にまったく同じ情報として組み込まれていながら、それぞれの細胞はまったく違う役割を果たすのじゃ。脳の細胞は脳になり、心臓の細胞は心臓になり、肺の細胞は肺になる」

「どの細胞の遺伝子にも同じ情報が書かれているんですか？　じゃあ、どうして各細胞が違う働きをしはじめるんですか？」

「目には見えないが、すべての細胞の遺伝子を総指揮しているものがある。それが命であり意識なのじゃ。命は物質を超えた存在であるから目には見えないが、その命によって、各細胞はそれぞれの役割を果たしながら、全体として有機的に統一されておる。しかし、肉体から命が去ってしまえばどうなる？　その肉体は単なる物質になってしまう

郵便はがき

料金受取人払

芝局承認

7632

差出有効期間
平成21年4月
19日まで
切手はいりません

105-8790

107

東京都港区芝3-4-11
芝シティビル10階

株式会社ビジネス社

愛読者係行

ご住所 〒 TEL： （ ） FAX： （ ）		
フリガナ お名前	年齢 歳	性別 男・女
ご職業	メールアドレスまたはFAX メールまたはFAXによる新刊案内をご希望の方は、ご記入下さい。	
お買い上げ日・書店名 年 月 日	市区 町村	書店

ご購読ありがとうございました。今後の出版企画の参考に
致したいと存じますので、ぜひご意見をお聞かせください。

書籍名

お買い求めの動機

1　書店で見て　2　新聞広告（紙名　　　　　　　　　）
3　書評・新刊紹介（掲載紙名　　　　　　　　　）
4　知人・同僚のすすめ　5　上司、先生のすすめ　6　その他

本書の装幀（カバー），デザインなどに関するご感想

1　洒落ていた　2　めだっていた　3　タイトルがよい
4　まあまあ　5　よくない　6　その他(　　　　　　　　　)

本書の定価についてご意見をお聞かせください

1　高い　2　安い　3　手ごろ　4　その他(　　　　　　　　　)

本書についてご意見をお聞かせください

どんな出版をご希望ですか（著者、テーマなど）

のじゃ。一切の生理作用は止まり、あとは腐敗していくばかりじゃ」

「命……ですか。僕のすべての遺伝子を指揮しているのが僕の命だとしても、自分がそんなことをやってるという自覚はないですね。だけど、現実に僕の体の細胞は動いているし僕は生きている。……不思議ですね」

「遺伝子に関して、もう一つ興味深いことを話そう。遺伝子に書かれている人体の設計図は、一千ページの本で一千冊分ということになる。『猿がでたらめにワープロを打っていたら、偶然にも一千ページの本が一千巻、それも緻密《ち》に体系化された本ができてしまった』なんてことは起こり得ない。つまり、遺伝子が偶然できるなどということはあり得ないのじゃ。大いなる叡智《えいち》を持つ何者かが、意志を持って設計したとしか考えられない」

「何者かが設計した？」

「その何者かを『サムシング・グレート』と呼んでいる遺伝子学者もいる。『偉大なる何者か』という意味じゃ。宇宙の意志と考えてもよいじゃろう」

「宇宙に意志があるっていうんですか？　そんなバカな」

老人はにやりと笑った。

「いまだかつて、宇宙に意志がないことを証明した者は、世界中にただの一人もいない。なのになぜ君は、『そんなバカな』と言い切れるのかね?」

「そう言われると……根拠はないんですけど、やっぱり、目に見えないものは否定したくなります」

「頭から否定してしまうと、真実を探求する余地がなくなってしまう。もちろん、**聞いた話を鵜呑みにするのではなく、疑ってみるのは大切なことじゃ。同時に、自分が信じていることも疑ってみる必要がある。君が、自分の人生をよりよいものにしたいのならばな。**

なぜなら、君が信じてきたことが、結果として今の君の人生を創ってきたからじゃ。だから、君が人生をよりよくしたいのなら、自分が信じていることも疑ってみることじゃ。そして幸せに成功した人々が、どんなことを信じ、どんな考え方をしていたのか。これを研究してみることじゃ」

「僕自身が信じていること……ですか。学校で教えられたことなんかは、信じてきたと思いますね。宇宙に意志があるなんて話は、学校でも教えませんよね。だから、否定したくなるんですよ」

「新しい発見や考え方が世の中の常識になるまでに、多くの時間を要する場合もあるのじゃ。特に、それが既存の考え方をくつがえす発見であるほど、最初は保守的な者たちによって否定される。科学者の中には、『今まで信じてきたことは正しい』という思い込みを前提に、物事を検証してしまう者も多い。彼らは、既存の知識と矛盾するという理由で、新しい発見を否定するのじゃ。既存の知識がすべて正しいとは限らんのにな。

地動説を唱えたガリレオが批判を受け、裁判にかけられたことは知っているじゃろう。しかし今では誰もが、地動説が正しいことを知っている。アルフレッド・ウェゲナーの大陸移動説にしても同様じゃ。かなりの証拠があったにも関わらず、当時の学者たちは、『大陸が動くなど、あるはずがない』とウェゲナーを批判した。

ある地質学者などは、『ウェゲナーの仮説を信じてしまえば、七十年かけて学んできたことを手放さなければならない』と言った。自分の知識と矛盾するという理由で批判したわけじゃ。しかし現代では、大陸も移動し得ることがわかっており、ウェゲナーの説も高く評価されておる」

「普通、自分が信じていることって、あらためて疑ったりはしないですよね。僕の場合、世の中の常識なんかを、けっこう信じていると思いますけど、疑わないなあ」

「いつの時代でも人間というのは、自分が生きている時代の常識に絶大な信頼を置くものじゃ。自分が生きている時代こそ、多くのことが解明された時代だと思っておる。その時代の常識というのは、過去から見れば最先端じゃからな」

「なるほど。世の中の常識っていうのは、過去からいろいろなことが発見されたり証明されたりしてきた結果の産物ですからね。たしかに、過去から見れば最先端です」

「では、未来から見ればどうじゃ？　今後も人類はさまざまなことを発見し続けていくじゃろう。多くの常識がくつがえされていくじゃろう。そして、ずっと未来の人々が歴史を学ぶときに、このわしらの時代を指して笑うかもしれん。『この時代には、こんな常識が信じられていたのか』となし

「そうか……僕は今の科学こそ最先端だと思っていましたが、それは過去から見た場合の話だったんですね。今の科学は万能だとすら思っていました」

「一八九九年に、アメリカの特許局長官だったチャールズ・デュエルなどはこんなことを言っておる。『発明できるものはすべて発明されてしまった』。これなども過去から見た視点にかたよっている例じゃ」

「その発言、未来の僕たちから見れば、けっこう笑えますね」

「さらに未来の人々は、わしらのこの時代を『文明以前の時代』とか『未開時代』と呼ぶかもしれんぞ。人類がまだ戦争や自然破壊をしていた野蛮な時代という意味でな」

現代が未開時代！　驚きながらも僕は納得した。老人と話していると、自分がとても小さなスケールで物事を考えていたことに気づく。未来からの視点も、僕には画期的だった。

「さて、話を宇宙に戻そう。この地球は、支えるものがないのに、宇宙空間に浮かんでおる。太陽にしてもそうじゃ。そして、地球は一定の周期で自転を繰り返し、さらに、一定の周期で太陽の周りをまわっておる。驚くべきことに、何百回まわってもその周期は狂うことがなく、これが何十億年も昔から整然と繰り返されている。ほかの惑星にしても同様じゃ。もし、星というものが物質のかたまりでしかなく、宇宙に意志など存在しなかったら、それぞれの星が全体としてのバランスを保ちながら、周期的な運行を繰り返すなどということが起こり得るだろうか?」

「あらためて考えてみると、不思議ですね。どんな力が地球をまわしているんでしょうね?」

「イギリスの物理学者ブランドン・カーターを知っているかね?」

「いえ、聞いたこともありません」

「彼によると、宇宙は奇跡的なまでに絶妙なバランスによって秩序を保っているが、重力や電磁気力などの物理定数がわずかでも今と違えば、そのバランスは崩れ、生命はもちろん元素も恒星も存在できない状態になってしまう。ところがこの**宇宙は、ありえないほどの確率で絶妙なバランスを保ちながら、われわれ生命が生きるのに最適な構造を維持しているのじゃ**」

「維持している? それも宇宙の意志ってやつなんですか?」

13 人間と宇宙の関係

老人は窓のほうへと目をやり、外を眺めながら言った。

「君は、『自分が遺伝子の総指揮をしているという自覚はない』と言った。**遺伝子を総指揮しているのは、たしかにわれわれの命なのじゃが、その命は宇宙の意志、宇宙の叡智、宇宙の力とつながっているのじゃ。だからわれわれは、宇宙に生かされているとも言えるのじゃ**」

「生かされている……」

老人は僕を見て微笑んだ。

「そうじゃ。胸に手を当てて、心臓の鼓動を感じてみなさい」

僕は右手をそっと胸に当てた。あたたかみのあるリズムが伝わってくる。こうして心臓の鼓動をあらためて感じるのは、子どものころ以来かもしれない。規則的に繰り返される鼓動。僕が生きている証。それが、僕になにかのメッセージを訴えているようでもある。

「君が生まれてから今日まで、その心臓は休むことなく鼓動を打ってきた。君の意志と関係なく。君が眠っている間もじゃ」

僕は心臓の鼓動を感じ続けながら、老人の言葉に耳を傾けた。

「地球上の植物も動物も微生物も、お互いの存在によって自然界のバランスを保ち、共生しておる。その生態系を養っているのも宇宙じゃ。毎朝、太陽が昇り、この地上に日光が降り注ぐ。また、地上には定期的に雨が降る。すべての生き物がその恩恵を受けている。宇宙がわれわれ生き物を生かしているのじゃ」

窓から差し込む朝日が、僕の頬に当たっている。そのあたたかさを感じて、僕はなにやらありがたい気持ちになってきた。


老人は続けた。

「わしの話をしてもよいかね?」

「もちろんです」

「わしは、十歳になる前に、親に捨てられたのじゃ。親も生活していくために、やむにやまれずそうしたのじゃろう。しかし、当時のわしは親を恨み、人間不信になった。わしは一人で生きていくしかなかった。おかげでたくましい人間にはなったが、わしの自尊心のどこかに、ぽっかりと穴があいてしまった。自分が愛される価値のある人間だと思えなかったのじゃ」

「親に捨てられたのですから、無理もないですよ」

「わしは、その穴を埋めようとして頑張った。成功して金持ちになり、たくさんの人から認められ賞賛されれば、その穴は埋まると思っておった。ところが、どこまでいっても、その穴が埋まるどころか、わしはますます不安になった」

「Doing や Having を追えば追うほど、Being が不安になってきたわけですね」

「そうじゃ。そして、駆り立てられるように成功を追い求めたわしは、ついに商売をつぶしてしまったのじゃ。わしは孤独になった」

「ご家族は？」

老人は憂《うれ》いを含んだ表情になった。

「わしが商売をつぶすよりずっと前に、妻は子どもを連れて出て行った。……わしは商売に成功してからというもの、妻がいながら、次々とほかの女性を求めて関係を持った。『自分は愛される価値がないのではないか』という劣等感を、女性たちから愛されることで埋めようとしたのじゃ。しかし、虚しさと罪悪感がつのるばかりじゃった。そして、妻を深く傷つけてしまった。今となっては取り返しがつかぬが」

「そうだったんですか」

「当時のわしにとって、親は恨みの対象でしかなかったが、本当は親から愛されたかったのじゃ。自分という存在を、Beingを、無条件に愛されたかった。そのことを渇望していた。そんな自分の気持ちに、当時のわしは気づいていなかったがな。そして、親の愛に代わるものとして、人からの賞賛や、女性との関係を求めたのじゃ」

「もし、親に捨てられていなかったら、あなたはそんなふうにならなかったんでしょうか？」

「それはわからん。親といっても、生身の不完全な人間じゃ。どんな親だって皆、心の傷を持っておるし、劣等感も抱えておる。それゆえに、自分の子どもをまるごと受け入れることができないのじゃ。仮にわしが親に育てられたとしても、親との関係で心に傷を受け、自尊心に穴をあけていたかもしれんな」

自尊心に穴。その言葉を聞いて、智也の顔が浮かんだ。自信のなさそうな顔だ。

「話を戻そう。孤独になったわしは、生きる気力を失くした。親に捨てられ、妻と子に去られ、仕事仲間にも見離された自分。こんな自分には、愛される価値も生きる価値もないのだ。そんな考えがわしを支配した。わしは目的もなく山の中へと入って行った。死に場所を求めていたのかもしれん。そしてそこで、一人の老人と出会ったのじゃ。その老人は、大木に寄りかかるように座って休んでいたのじゃが、通りかかったわしに声をかけてきた。『こっちにこい』と言うのじゃ。わしは老人のそばに座った。すると老人は、いきなりこう言ったのじゃ。『君は自力で生きているのではない。天が君を生かしているのだ』」

「いきなりですか?」

「そうじゃ、わしがなんの話もしてないのにじゃ。驚くわしに老人は言った。『胸に手を当ててみなさい』と。そして老人はこう続けた。『君の心臓は君が動かしているのかね?』と。わしは答えられなかった。そして老人はこう言った。『天が君を生かしているのだ。天は今日まで、ただの一瞬も君を見捨ててはいない。天は君を生かし続けてきたのだ』」

僕は、その言葉の意味を味わった。数秒の沈黙のあと、老人は続けた。

「天は、ただの一瞬も見捨ててはいない！　その言葉はわしの魂に響いた。わしの目に涙があふれてきた。わしは胸に手を当てたまま、心臓の鼓動を感じながら泣いたのじゃ。そして素晴らしいことに気づいた」

「素晴らしいこと？」

老人は目を閉じて言った。

「わしは愛されていた。天はわしの存在を無条件に愛し、わしを生かしてくれていたのじゃ。わしは愛される価値のある存在だったのじゃ」

老人の気持ちが伝わってきて、僕は感慨深い心境になった。僕も目を閉じ、胸に手を当てた。僕は愛される価値のある存在なんだ。その言葉を何度か繰り返した。

目を開けると、老人は優しく僕を見つめていた。

「それにしても不思議な出会いですね。その老人は何者だったんですか？」

「うつむいて泣いていたわしが顔を上げたとき、すでにその老人の姿はなかった。だがわしは、今もその老人に感謝しておる。その出会いのおかげで、わしは立ち直ることができたのじゃからな。そしてわしは、新たな商売をはじめたのじゃ。こんどは、人から認められるためではなく、自分の喜びのために商売をした。従業員やお客様に喜んでもらうことを自分の喜びとした。そして、わしの人生は幸せに満ちたものになった―

「そうなんですか。その後の人生は幸せなんですね」

「そうじゃ……さて、わしの話はここまでにしよう」

「あの……感動しました。宇宙に生かされているんだなーって感じました。自分と宇宙がつながってるって考えると、すごく心強いですね。その反面、宇宙ってなんだろう？人間ってなんだろう？　って疑問がますます湧いてきましたけど」

「真実とは奥深いものじゃ。知れば知るほど新たな問いが湧いてくる……宇宙とはなにか？　人間とはなにか？　素晴らしい問いじゃ。ここで君にわかっておいてほしいことは、**人間も宇宙も、その本質は愛であるということじゃ**」

「本質が愛？」

「そうじゃ。君自身の本質も愛なのじゃ。君は、愛ある行動を取ったとき、気持ちがいいじゃろう。たとえば、人が喜ぶことをしてあげたときや、困っている人に親切にしてあげたときは、どうじゃ？」

「それは、もちろん気持ちがいいですよ」

「では、愛のない行動を取ったときはどうじゃ。怒りにまかせて人を傷つけたときや、他人に迷惑をかけることを承知で、利己的な行動を取ったときは？」

「それはもう、あと味が悪いです。良心の呵責《かしゃく》がありますしね」

「人間の心の本質は愛であるから、その本質に反する行為をしたときに、良心の呵責という形で、心が嘆くのじゃ」


「では、平気で悪事を働くような人はどうなんですか？　愛なんてなさそうな人は？」

「愛がないのではない。怖れがその人間の心を強く支配したときに、愛を覆い隠してしまうのじゃ。平気で悪事を働くように見える人間も、愛が隠されているだけじゃ。すべての人間の心には愛がある。そして、人間の心の中に愛があるのは、人間を生かしている宇宙の本質が愛だからじゃ」

人間も宇宙も、その本質は愛。この言葉に、僕の中のなにかが揺さぶられていた。そのなにかとは、僕がこれまで信じてきた価値観や世界観のようなものだ。

「僕は奈々子や智也を愛している。同時に僕は、宇宙からも愛されているんですね」

「そうじゃ。そして、さきほども言ったように、**われわれが最も誇れることは、自分の行為でも結果でもなく、自分がここに存在していることなのじゃ。存在していることこそが奇跡なのじゃからな**」

「自分が素晴らしい存在なんだと思えてきました」

「**人間は肉体を超えた存在であり、宇宙の偉大な力とつながっている。そして、その本質は愛である。これが第一の真実じゃ。このことを心の底から認めるとき、われわれの自尊心は満たされ、怖れに支配されなくなる**」


「本当にすごい話を聞きました。ぜひ妻や子どもにも教えてやりたいですし、社員たちにも教えたいです。だけど、理解してくれますかね？　『宇宙とつながっている』なんて言っても、証拠も見せられませんし、あなたのように上手に説明できません。わかってもらえるでしょうか？」

「『教えてあげたい』という愛の気持ちが動機ならば、ぜひ教えてあげなさい。愛を実践することは、本当の幸せにいたる道なのじゃからな。ただし、なにがなんでもわかってもらおうなどと、執着せんことじゃ。相手の感じ方を尊重することが大切じゃ」

「僕はよく、『どっちが正しいか』という議論をしてしまうんですが、議論する必要はないんですね」

「人間と宇宙がつながっていることを、君は証明できまい。同様に、人間と宇宙がつながっていないことも、人は証明できない。ということは、誰と議論したとしても、『どっちが正しいか』の結論は永久に出んのじゃ。であれば、**『私はこっちの考え方が好きです』という話し方のほうが楽しいんじゃないかね？**」

これは画期的だと思った。自分の正しさを主張するのではなく、自分の好みとして話せばいいわけだ。相手には相手の好みがあるのだから、説得する必要もないし、これなら議論にはならない。

だけど僕自身は、「自分は宇宙とつながっている」という考え方で生きようと思う。そのほうが僕は心強いし、自尊心も持てる。

「世界中の幸せな成功者たちを調べてみると、彼らの多くが、なんらかの形で宇宙とのつながりを意識していることがわかる。ある者は宇宙のことを大自然と呼び、ある者は神や仏と呼ぶ」

「たしかに、成功法則の本で紹介されているような世界の成功者たちは、クリスチャンだったり、神仏を敬っていたりする人が多いですよね。座禅をする人もいるし、精神的なものを重視してるんですね」

「宗教的な信仰心によって宇宙とのつながりを意識する者もいれば、禅や武道を通じてその心境にいたった者もいる。また、宗教や精神的な行法とは無縁でありながら、自分が何者かに守られているような、そんな確信を持って生きている者もいる」

「形はさまざまというわけですね。いずれにせよ、幸せな成功者たちの多くは、宇宙とのつながりを意識しているというわけか……」

「それゆえに、人生という冒険を楽しめるのじゃ。ドナルド・ウィニコットという心理学者が発見したのじゃが、母親から離れた場所で遊んでいる子どもよりも、母親のそばで遊んでいる子どものほうが、はるかに高い創造性を発揮するのじゃ。子どもは、自分を愛してくれる存在がそばにいることで安心感を感じ、進んで冒険を楽しみ、失敗からも意欲的に学んで成長する。大人だって同じじゃ。**自分を無条件で愛してくれる存在を**

近くに感じることができたら、それが大きな安心感と自発的な意欲につながる。ただ、その無条件の愛を生身の人間に求めてしまうと、失望することになりかねない。だからこそ、宇宙から無条件に愛されているということに気づく必要があるのじゃ」

「なんとか、家族や社員たちにも気づいてほしいです」

14 鏡の法則

老人はカップのコーヒーを一気に飲み干した。

「では続いて、第二の真実を教えよう。この真実を自分のものにしたときに、君は、心の偉大な力を使って自分の人生を自分でデザインできるようになるじゃろう」

「ぜひ教えてください」

「第二の真実は、『人生は自分の心を映し出す鏡である』ということじゃ。これを鏡の法則とも言う」

「鏡の法則？　どんな法則なんですか？」

「人生でいろいろな出来事が起きるが、それらは偶然起きるのではなく、原因があって起きておる。その原因はどこにあるかというと、その人間の心の中にあるのじゃ。つまり、心の中の状態を、鏡のように映し出したものが人生なのじゃ」

「心の中を映し出したものが人生……」

「この鏡の法則は、さらに二つの法則に分解できる。一つは、『心の底で認めたものが現実化する』という法則。もう一つは、『心の波長と同類の出来事が引き寄せられる』という法則じゃ」

僕は言葉の意味を理解しようと咀嚼《そしゃく》してみたが、今一つわからなかった。

老人は人差し指を立てて続けた。

「一つ目の、『心の底で認めたものが現実化する』という法則について説明する前に、君にアドバイスしておきたいことがある。『幸せになりたい』などと、幸せを求めないことじゃ」

その言葉に、僕は驚いた。

「ちょっと待ってください。すべての人は幸せを望んでいるんですよね。だったら、幸せを求めるのは当然じゃないですか？」

「ならば、『幸せになりたい』と数回つぶやいてみなさい」

僕は言われたとおり、何度かつぶやいてみた。

「どんな気分じゃ？」

「あまりいい気分じゃないですね。幸せじゃない気がします。不幸の真っただ中から幸せを願っているような」

「そうじゃ。『幸せになりたい』と求めるのは、『今は幸せではない』と認めているのと同じじゃ。そして、心の底で認めたものは現実化するのじゃ。つまり、自分のことを幸せではないと認める者には、ますます幸せではない出来事が起きる」

「では、自分は幸せだと認める者には、ますますハッピーな出来事が起きるということですか？」

「そうじゃ」

「一つ疑問があります。僕は、ある成功法則の本を読んで以来、『自分は成功者だ。成功するにふさわしい人間だ』と自分に言い聞かせてきました。これは、自分のことを成功者として認めていることになりますよね。なのにうまくいかなくなったのは、なぜでしょうか？　認めているとおりにはならないじゃないですか」

「成功するということは、必ずしも順風満帆に進んでいくということではない。さまざまな困難を乗り越えていくことも含めて、成功と呼ぶのではないかね？　それから、もう一つ重要なポイントがある。**心の表面ではなく、心の底で認めたことが現実化するということじゃ**。自分に対して言い聞かせてきたことが、心の底まで浸透しているとは限らん」

「たしかに僕は、フォードほどには、自分を大きな存在だと考えていませんでした」

「まあ、無理もないことじゃ。自分の肉体を自分自身だと思いながら、同時に、自分が無限の源とつながっていると考えるのは、至難の技じゃろう」

「さっき、第一の真実を教えてもらったんで、自分に対する見方は変えていけそうです」

「さて、認めたものが現実化するという法則は、人間関係にも当てはまる。たとえば、ある部下にとっては怖い上司が、別の部下にとってはつき合いやすい上司であるようなケースはないかね?」

「あります、あります。実際、前の会社に勤めていたときの上司なんですが、僕にとっては、まさに怖くて嫌な上司でした。僕が結果を出しても褒めてくれないし、なにかと怒鳴りつけてくるんです。だけど、僕の同僚に新田というのがいたんですが、新田に対しては、ごくたまにしか怒鳴りつけたりしないんですね。新田は、『つき合いやすい上司だ』って言ってました」

「君がその上司を、『怖い上司だ』とか『嫌な上司だ』とか、心の底で認めれば認めるほど、君にとってはさらに怖くて嫌な上司になる。心の底で認めたものが現実化するのじゃからな」

たしかに僕は、怒鳴られるたびに、上司に対して「嫌なやつだ。最低な人間だ」って、心の中でつぶやいた。それでますます、僕にとっては嫌な上司になったのか。

「新田っていうやつも、たまには怒鳴られていたんですけど、そんなときでも上司のことを嫌なやつだとは思わないんです。『怒鳴られること自体は嫌だけど、上司のことは嫌いじゃない、わかりやすい性格でつき合いやすい』なんて言ってました。だから彼にとっては、つき合いやすい上司になったんですね。謎が解けましたよ」


僕は一つの謎が解けたことで、なんだか愉快な気持ちになってきた。しかし同時に、新たな疑問も浮かんできた。

「こんな場合はどうですか？　たとえば……僕の前の上司をはるかに上回るくらい怒りっぽくて過激な上司がいたとします。すべての部下に対してガミガミと怒鳴りつけ、部下の伸びる可能性を摘んでしまうようなタイプです。もし僕が、その人の部下だったとして、『自分の上司は素晴らしい存在だ』って心の底で認めることができたら、僕に対してだけは、優しい上司に変わるんでしょうか？」

「そのように上司の態度が変わる場合もある。もしくは、その上司が君の前から消えてしまう場合もある」

「上司が消える？」

「つまり、上司の態度は変わらなくても、君か上司かのどちらかが異動になれば、別の人が君の上司になるわけじゃ。もとの上司は、君の前から姿を消したことになる。もとの上司が君への接し方を変えるのか、それとも、別の人間が上司になるのか、いずれにせよ、君が心の底で認めたとおり、君の前に現れるのは素晴らしい上司なのじゃ」

「うーん、なるほど。だけど、心の底から認めるっていうのが難しいですね。前の上司のことを『素晴らしい人だ』なんて、僕にはどうしても思えません。どこからどう見てもいいところがないし、最低なやつなんです」


「**人を見るときの極意を教えよう。この極意は、人間関係を劇的に変えてしまうことも**

あるくらい強力じゃ。その極意とは、第一の真実にもとづいて人を見る、ということじゃ。つまり、肉体を超えた素晴らしい存在として、宇宙に愛されている存在として、その人を見るということじゃ」

今までの僕には思いもつかなかった見方だった。

「あの上司も、宇宙から愛されている存在なんですね」

「そうじゃ。彼の中にも愛があり、それが怖れによって隠されていただけなのじゃ」

目からウロコが落ちた気分だ。人に対する見方を変えていけそうだ。

一方、新たに質問したいことが浮かんだ。

「自分は幸せだと認めると、幸せな出来事が起きるということでしたよね。だけど、なかなか幸せとは思えない場合もあると思うんです。社員に辞められ、会社がピンチになった今、自分が幸せだなんて思えません。このピンチを脱して会社が伸びてくれれば、幸せなんですけどね」

「君は今も幸せを求めているようじゃな。『ピンチを脱すれば幸せなのに』、『会社が伸びてくれれば幸せなのに』……これこそ、『幸せになりたい』と幸せを求める心じゃ」

「恥ずかしながら、そのとおりですね」

「幸せは求めるものではなく、今ここに見い出すものなのじゃ」

「今ここに見い出す?」

「その鍵は感謝じゃ。君が今、感謝できることはなにかね?」

「感謝できることとですか? ……あえて挙げるなら、健康であることとでしょうか」

「それは素晴らしいことじゃ。そのことに心から感謝しているかね?」

「いえ……心から感謝しているかって言われたら、そうでもないです。僕にとっては、当たり前のことのような感覚です」

「自分が健康であることを、ありがたいと思った経験はないかね?」

「……あっ、あります。一昨年だったかな、インフルエンザになって高熱が出たんです。仕事で大事な時期だったんですが、二日間、寝込みました。その間、本当にしんどくて、食事も喉を通りませんでした。早く元気になって、ご飯を食べたい。出社もしたい。そんなことを、夢見るような想いで考えました。三日目に熱が引いてから、妻が作ってくれたおかゆを食べたんですが、普通に食事ができることが本当に嬉しかったです。そのとき、健康のありがたさが身にしみました」

「病気になることで、健康に感謝できたわけじゃ。しかし、いつしかそのありがたさも忘れてしまった」

「はい、忘れていました。こうして健康であることは、なんともありがたいことですね」

「当たり前だと思っていることの中にこそ、感謝できることは存在するのじゃ。さあ、目を閉じて、健康であることに心から感謝をしなさい」

言われるままに僕は目を閉じ、自分が健康であることをしみじみと感じた。毎朝、目が覚めること。食欲があること。会社まで歩いてこれること。そして、こうして毎日仕事をできるのも、健康であるおかげだ。……僕は心からありがたいと思った。


その後、僕は老人にうながされるままに、感謝できることを次々に見つけては感謝した。住む家があること。食べる物があること。仕事があること。それぞれのありがたさを味わって、心から感謝した。

会社の社員たちにも感謝した。みんなのおかげで、会社をやってこれた。そのことを考えると、本当にありがたかった。いつもは、自分の力で会社を引っ張っているような気になっていたけど、社員たちのおかげだということを忘れていた。僕は謙虚な気持ちになれた。黒木にだけは感謝できなかったけど、辞めていくほかの二人には感謝できた。

そして、奈々子と智也がいてくれることに感謝した。二人の笑顔を見ることで、僕は幸せな気持ちになれる。二人の存在が、僕の心に元気と勇気を与えてくれている。僕は二人からたくさんもらっているのだ。

老人が尋ねた。

「今、どんな気持ちかね?」

「はい……幸せです。自分が幸せだということに気づきました」

「**われわれは心から感謝しながら、同時に不幸を感じることはできない。感謝することによって、幸せを見い出すからじゃ**。そして、自分が幸せであることを認めたとき、ますます幸せな出来事が起きてくる。認めたものは現実化するのじゃからな」

15 心の波長と同類の出来事を引き寄せる

心の底で認めたものは現実化する。その言葉の意味を、僕はあらためてかみしめた。そのとき、一つの疑問が生じた。

「では、社員に辞められるという出来事はどうなんでしょう？　そんなことは思ってもいなかったし、認めてもいなかったことです。これはどう考えたらいいですか？」

老人は指を二本立てて答えた。

「これは『鏡の法則』の、二つ目の法則と関係する。心の波長と同類の出来事が引き寄せられてくるのじゃ」

「どういう意味ですか？」

「類は友を呼ぶというやつじゃ。**君の心の波長は集合的無意識を通じて宇宙に放送される。テレビ局が電波を放送するようにな。そして、その波長と同類の出来事や人を引き寄せるのじゃ**」

「僕の心が引き寄せる？」

「そうじゃ。人を責めるような気持ちでいると、自分が責められるような出来事が起きてくる。人を喜ばそうとして生きていると、喜ばしい出来事が自分に起きてくる。つまり、**君が他人に対して意図していることが、反射されて君自身に返ってくるのじゃ**」

「僕の意図が反射されて？」

「そうじゃ。もし君が他人の成功をねたむならば、君は他人に対して『成功しないでくれ』と願っていることになる。その思いが君に返ってきて、君の成功を妨げるような出来事が起きる。また、もし君が、誰かに勝つことを目指して生きているなら、相手に対しては『負けてほしい』と願っていることになる。その思いが君に反射されて、君が負けるような出来事が起きる」

自分の意図がはね返ってくるとは！　僕はぞーっとした。

「豊かになるためにはどうすればいいのか？　その答えも、この法則から導き出すことができる」

「ぜひ、それを教えてください」

「与える気持ちで生きていれば、自分が多くを与えられる。これが豊かになる秘訣じゃ。与える気持ちとは愛じゃ。つまり、愛を動機に行動すれば、豊かになるのじゃ。ただし、心の底で認めたものが現実化することも忘れてはいけない。与える気持ちで生きていても、自分を貧しい者だと認めていると、豊かにはなれない。自分が宇宙とつながった存在であることを認めた上で、愛を動機に生きるのじゃ。そうすれば、君の人生は豊かになるしかない。……逆に、奪う気持ちで生きていれば、多くを奪われる人生となる」

老人の言葉に僕はハッとした。日ごろの自分の心持ちを振り返り、与える気持ちとはほど遠い心境で仕事をしていることに気づいた。

今回、三人の社員に辞められ、顧客まで持って行かれるとしたら、僕にとってそれは、まさに多くを奪われるような出来事だ。しかし、よく考えてみたら、僕自身が奪うような気持ちでやってきた。「競合会社から顧客を奪いたい」、「社員から自由を奪ってでも頑張らせたい」、そんな気持ちがあった。それに、前に勤めていた会社から社員を二人引き抜いたときも、「してやったり」という気持ちだったから、まさに奪う気持ちだった。僕は辞めていく社員たちに、恩知らずなやつだと腹を立てていたが、それ以前に、僕自身が恩知らずなやつだったのだ。

「自分の心が引き寄せているというのがわかってきました。……ですが、ちょっと待ってください。世の中には、利己的な人間で、奪うようなやり方で、成功して大金持ちになっている人もいます。これはどういうことですか？　不公平じゃないですか」

「君はまだ、大金持ちになることが幸せなことだと思っているのかね？」

「あっ、そうか。大金持ちになっているからといって、その人が幸せかどうかはわからないですよね」

「それに、十年、二十年のスパンで見れば、奪った者はいずれ奪われることになる。すべての人間は、自分の心の波長にふさわしい現実をちゃんと引き寄せているのじゃ」

それを聞いて僕は安心した。

「さて、君に二つの法則を教えた。一つは、心の底で認めたものが現実化するということ。もう一つは、心の波長と同類の出来事が引き寄せられるということ。この二つを合わせて、鏡の法則と呼ぶわけじゃ。まさに人生は、自分の心を映し出す鏡なのじゃ。人生における出来事が偶然起きるのではないということがわかったじゃろう。

自分の心を映し出したものが人生ならば、自分の人生を見れば、自分の心の状態に気づくことができるわけじゃ。つまり、人生で起きる出来事は、自分が成長するためのヒントであり、われわれが本当の幸せを実現するための軌道修正をするために起きているとも言えるのじゃ。……さて、ここで注意してほしい点がある。それは、鏡の法則の視点で他人を裁かないことじゃ」

「それは、どういうことですか？」

「この法則の視点で他人を見てしまうと、どうなる？　たとえば、頑張っても豊かになれない人を見て、『きっとあの人は、与える心が足りないのだ。だから豊かになれないのだ。この人は心をあらためないとダメだ』などと、心でその人を裁いてしまうのではないかね？　他人を裁くとどうなる？」

「あっ、それが自分に返ってきて、自分が裁かれる人生になるんですね」

「そうじゃ。そんなときは、第一の真実にもとづいて他人を見るのじゃ。人間は肉体を超えた素晴らしい存在。その視点で、他人を見るのじゃ。結果を出せない人を見ても、その人の存在の素晴らしさを敬い、その人が宇宙から愛されていることを祝福する。その人も君も、この宇宙に生かされながら、人生を通じて学んでいる同士なのじゃからな」

　僕には、心で他人を裁いてしまう癖がある。そのことを反省した。鏡の法則の視点で人を裁かないようにしよう。この視点は、自分を振り返るときに使えばいいのだ。三人に辞められてしまうのも、黒木が悪いんじゃなく、自分が悪いのだ。……ただ、そう考えると、自己嫌悪の気持ちも湧いてくる。

　そんな僕の心を見透かしたように、老人は優しく微笑んで言った。

「自分のことも裁かんようにな」

「えっ、表情に出てましたか？　今、自分のことを裁いてました。だって、社員に辞められることだって、僕が悪いんでしょう？」

「君が悪いのではない、君が引き寄せただけじゃ。『自分が悪かったのだ』などと、自分を責めんことじゃ」

「どういう意味ですか？」

「**自分が引き寄せたという事実を、いいとか悪いという判断をせずに、ありのままに認めたらよい。自分を責めるのではなく、事実を中立な心で受け止めるのじゃ。そして、**

自分を振り返るヒントにすればよいのじゃ」

「なるほど。僕は勝手に善悪の判断をしてたんですね。僕が悪いんじゃなく、僕が引き寄せた。その事実からなにかを学べばいいんですね」

老人は満足そうにうなずいて言った。

「コーヒーのおかわりにあるかね？」

16 感情に支配されないための秘訣

コーヒーを渡すと、老人は目を閉じ、味わうように香りを嗅いだ。

「さて、第三の真実を話す前に、これを自分のものにしたときに、君になにが起きるかを教えておこう。**君は自分を愛することができるようになり、同時に、他人を愛する方法も知ることになる。そして、人と心の通ったコミュニケーションをすることができるようになる**」

「心の通ったコミュニケーションですか！　僕は家族や部下とのコミュニケーションがうまくいってないですから、すごく興味があります」

老人は黙って僕を見た。次に言うことを探しているようでもある。……まもなく、老人は口を開いた。

「ちょっと待ちなさい。第三の真実を教えるよりも、今、君に伝えたいことが浮かんだ」

そう言うと、老人はニヤリと笑って目を見開いた。老人の表情から穏やかさが消え、まるでなにか重大発表でもするかのような雰囲気になった。

「もしかして、例の五文字の言葉を教えてくれるのですか？」

「もともと君に伝えようとしていた言葉とは違うのじゃが、今の君に伝えたい言葉が新たに浮かんだのじゃ。こっちも五文字じゃ。受け取る覚悟はあるかね？」

もともとのメッセージではないと言われて、ちょっとがっかりしたが、新たに浮かんだという言葉に興味がないわけではなかった。

「お願いします」

そう言って僕は、老人の口もとに意識を向けた。


老人は力を込めるようにして言った。

「では、伝えよう……な、せ、ば、な、る」

「なせばなる？　やればできるということですか？」

老人はさらに目を見開いて言った。

「そうじゃ！　できるぞ！　だから君はやるしかない！」

「やるしかないって、なにをですか？」

「まずは今年度の目標達成に決まっているじゃろう。君はすでにあきらめかけておるが、まだダメと決まったわけではない。必ず達成すると決めればできるはずじゃ！」

「いやしかし、三人も辞められてしまっては現実的に無理ですよ」

「無理と思うから無理なのじゃ。プラス思考はどうした？」

「プラス思考したって、どうにもならないケースもあります」

「なにをマイナスなことを言っておるのじゃ？　自分を信じるのじゃ」

「ですが……そこまでプラス思考にはなれません」

「あきらめてはいけない。本気でやれば道は開けるはずじゃ」

僕は逃げ出したくなってきた。

「いや、そりゃそうかもしれませんけど……僕の会社のことは僕が判断しますから……これについては、もう勘弁してもらえませんか」

突然、老人は愉快そうに笑った。

「はっはっは、すまんすまん。今のは演技じゃ」

「え、演技？」

老人は、もとの穏やかな表情に戻っていた。

「一つ質問しよう。今、なにを感じているかね?」

「今ですか?　うーん……演技ってどういう意味なんだ?って感じです」

「今、なにを感じているかね?」

「僕はからかわれたのかな?って思っています」

「今、なにを感じているかね?」

「え?　……なんで同じ質問を繰り返すのかな?って」

「今、なにを感じているかね?」

僕はなんて答えていいのかわからなくなり、黙ってしまった。そんな僕を見て、老人は続けた。


「このくらいにしようか。まず、同じ質問を繰り返した理由から話そう。わしが君に聞いたのは『なにを感じているか』じゃ。しかし、君はそれについて答えてくれなかった」

「最後は黙ってしまいましたけど、それまでは答えたじゃないですか」

「『演技ってどういう意味なんだ?』、『僕はからかわれたのかな?』、『なんで同じ質問

「を繰り返すのかな？」……これらは君が感じていたことではなく、考えていたことではないかね？」

言われてみればそのとおりだ。僕が老人に伝えたのは僕の考えだった。

「わしが聞きたかったのは、君の思考ではない。『今のは演技じゃ』と、わしが言ったとき、君がなにを感じたかじゃ」

僕は自分がなにを感じていたかを思い出そうとしたが、浮かんでくるのは思考ばかりだった。

「生活の中で、自分の感情と向き合ったり、それを味わったりすることがないと、自分がなにを感じているのかがわからなくなる」

「たしかに、自分の感情なんてほとんど意識してないですね」

「すると、自分の内面を感じるセンサーが鈍ってくる。このセンサーが鈍るということは、『自分にとって本当の幸せとはなにか』に気づくセンサーが鈍るということでもある」

僕は老人の話に聞き入った。

「仕事におけるコミュニケーションでも、事実や理屈を伝えることが中心になっていて、感情が無視されているケースが多い。そんな環境にいると、感じないで考える癖がついてしまう。『自分の心がなにを幸せと感じているか』に気づかないまま、どうすれば勝てるかばかりを考えておる。そんな者がいかに多いことだろう」

「それはそのまま僕のことです」

「君は先ほどなにを感じていたのかね？　さあ、思い出しながら、ゆっくり自分の内面を感じてみるのじゃ」

「よかったら、もう一度、『今のは演技じゃ』と言ってもらえませんか？」

「それはいいアイデアじゃ。では、再現するぞ……今のは演技じゃ」

「あー、この感じは……戸惑いですね。戸惑いを感じました。それから、なんかちょっと楽になった感じもあります。安心感に近いのかな」

「ほーう、戸惑い。楽になった感じ。あるいは安心感かね。では、『今のは演技じゃ』とわしが言う前は、なにを感じていたのじゃ？」

「僕って思い切りマイナス思考じゃないか。なんてダメな人間なんだ……こんな感じでした」

「そう考えていたんじゃな」

「あっ、また考えていたことを言ってしまいました。感じていたのは……居心地の悪さ……緊張感……自己嫌悪……そしてイライラする気持ちですね」

「感じていたことを見つける要領がわかってきたようじゃな。では、少し詳しく説明してもらおう。どんなことを居心地悪く感じたのじゃ？」

「……あなたがあまりにもポジティブなのについていけなくて、居心地が悪かったんです。……自分が責められているような感じもしましたし、緊張感も出てきました。……そして、自分が情けなくなってきて、自己嫌悪の気持ちが湧いてきました。それと同時に、僕の気持ちをわかってくれないあなたに対してイライラしてきたんです」

「そして、『今のは演技じゃ』とわしが言った」

「それで……肩すかしをくらったときのような戸惑いを感じたんです。それまでの緊張感を急に解いていいものかどうか戸惑ったというのもあると思います。だけど……あなたの笑顔を見て、緊張感を解いてもいいという気がしたんです。それで安心感みたいなのが出てきたんだと思います」

「話してみてどうじゃ?」

「自分の中でなにが起きていたか、話してみてはじめて気づきました。自分の内面について話すことなんて、ほとんどやったことがないような気がしますけど、なんか気持ちがスッキリします。それに冷静になってきますね。それから……居心地の悪さとか自己嫌悪とか、そういうネガティブな感情も、それについて話すと落ち着いてくる感じがあります」

「**多くの人間は、自分の感情に気づいていないために、感情に振り回されておる。逆に、自分の感情に気づくと、その感情に支配されにくくなるのじゃ**。また、ネガティブな感情も、話して外に出すと楽になる」

「たしかにそうですね。ところでさっきの話なんですが、演技だというのはどういうことなんですか?」

「実はわざと、極端にポジティブな人間の役を演じてみせたのじゃ」

「では、『なせばなる』とか、『必ず達成できる』とか……」

「それも演技の上のセリフじゃ。わしの本心ではない」

「なんかホッとしました。この状況で、必ず達成できるなんて言われて、ちょっと引いてしまいましたから。では、僕に伝えたい五文字の言葉は、別にあるんですね？」

「そうじゃ。それはいずれ伝えるとして……今、わしが演じたのは、現実を無視したプラス思考じゃ。一度決めた目標に盲目的に執着する人間を演じた。どうだったかね？」

「やたらテンションが高くて、同じ気持ちにはなれませんでしたね。それに無謀だと思いました」

「真に賢い人間は、『自分にとってなにが一番大切なのか』を知り、『その一番大切なものを大切にするためにはどうすればよいのか』を考える。一番大切なものを一番大切にするためには、目標や計画を修正しなければならんこともある。それも勇気が必要じゃがな」

「じゃあ今の僕の場合、やっぱり目標や計画を修正するべきですよね」

「それはわしにはわからん。君にとってなにが一番大切なのか？　君にとって本当の幸せとはなにか？　それは君にしかわからんことじゃ。それをはっきりさせれば、なにを選択すればよいかが見えてくるんじゃないかね?」

そのとおりだった。これは僕自身が決めることなのだ。そのためにも、僕にとっての本当の幸せをはっきりさせる必要がある。

17 感情を解放する方法

コーヒーをひと口飲み、老人は僕を見つめた。

「君にとっての幸せを感じるセンサーは、君の中にある。第三の真実を知ることは、そのセンサーを磨く助けになるじゃろう」

「今度こそ、第三の真実を教えてもらえるんですね」

「第三の真実は、『感情は感じれば解放される』ということじゃ。自分の感情を感じなさい。自分がなにを感じているのかに気づき、そしてそれを、感じられるままに感じて味わうのじゃ」

「……しかし、いい感情ならじっくり感じてもいいんですが、悪い感情はできるだけ感じたくないですね」

「いい感情、悪い感情とはどんな感情かね?」

「いい感情っていうのは、嬉しいとか楽しいとか、あとは達成感とか充実感とか、そんなポジティブな感情です。逆に、悪い感情っていうのは、悲しみとか不安とか怒りとか、ネガティブな感情のことです」

「ネガティブな感情を感じまいとすると、それを抑圧してしまうことになる。悲しみや不安や怒りは、抑圧してしまえば消えるかね？」

「どうなんだろう？　……いや、おそらく消えないんじゃないですか？　溜まっていくような気がします」

「そのとおりじゃ。さらに、**いつも感情を抑圧していると、感情のセンサーが鈍ってきて、自分の内面を感じられなくなってしまう。その結果、喜びや充実感や安らぎにも鈍感になってしまい、本当の幸せを見失うのじゃ。**

逆に、感情を十分に感じると、それは解放される。……わかりやすい例で話そう。五人兄弟の子どもたちがいて、ある日、事故で両親を亡くした。一番年上の長男だけは、自分がしっかりしなければいけないと思い、泣くのを我慢し、悲しみを抑圧して、気丈に振る舞った。一方、弟と妹たちは、涙が枯れるまで泣き明かし、存分に悲しんだのじゃ。

そして、年月が経って、みんな大人になったのじゃが、長男にだけトラウマが残った。トラウマという言葉は知っているかね？」

「ショッキングな出来事とかがあって、そのときの心の傷が後々まで残っちゃうやつですよね」

「そうじゃ。その長男の場合は、人と離れたり別れたりするときに、どうしようもなく動揺し、パニックになってしまうのじゃ。たとえば、世話になった上司が転勤で遠方に行ってしまうとか、そんなことにも動揺してしまう。

そうなってしまうのは、両親と死別したときの悲しみが解放されていないからなのじゃ。彼は、その出来事のあとも、悲しみを感じないようにして生きてきた。そのため、抑圧された悲しみが残ったままになっているのじゃ」

「そうなんですか！　悲しみも思い切り感じて泣いたほうがいいのか……じゃあ、子どもが泣いているときも、泣かせてやったほうがいいんですね」

「悲しくて泣いている子どもを、最後まで存分に泣かせてやると、泣き終わったあとはケロッとしておる。『さっきまであんなに泣いていたのに』と言いたくなるくらいにな。

悲しみの感情が解放されたからじゃ」

智也が泣いていると、僕は「いつまでも泣く子は弱い子だぞ」と言って、泣きやませるようにしてきた。奈々子が「つらい」とか「しんどい」とか言うと、それをさえぎって、「もっと前向きになれ」なんて言ってきた。智也と奈々子が、感情を感じたり解放したりするのを、僕はずっとじゃましてきたのか。

「職場での君はどうかね?」

「社員が『不安だ』とか『自信がない』とか言うと、『マイナスな言葉を使うな』って止めてきました。そしていつも、『やればできる』って言ってきました」

「先ほどわしが演技で『なせばなる』と言ったが、あんな感じかね?」

「そう言われてみれば……演技のときのあなたは、職場の僕にかなり近いですね。僕は、あなたが演じたほど超ポジティブではないと思いますけど」

「かなり極端に演じたからな。あのとき、君には自分の感情を感じる余裕はなかった」

「はい、あとでじっくり感じ直して、居心地の悪さとか緊張感とか自己嫌悪を感じていたことに気づきましたけど……会話の最中は、どう言い訳すればあなたのプラス思考から逃れられるか、それを考えることで精いっぱいでしたね。うちの社員も、僕と話していると、自分の感情を感じるひまはないんだろうな……だけど僕は、ネガティブな言葉が出てくると聞けなくなっちゃうんですよ」

「それは、君自身が自分の内面と向き合っていないからじゃ。**人は、自分の中のネガティブな感情に向き合っていないと、他人のネガティブな感情を受け止めることができない。たとえば、自分の中の悲しみを抑圧している者は、他人が悲しみを感じることをも抑圧したくなるのじゃ。本来、感情によいも悪いもない。悲しみや不安を、悪い感情だと思うから抑圧してしまうのじゃ。自分の中で感じていることをそのまま味わうのじゃ**」

僕は勘違いしていた。ポジティブな感情こそが「いい感情」であり、ネガティブな感情は、感じてはいけない「悪い感情」だと思っていた。

「常に幸福感に満たされてなくても、ネガティブな感情を感じることがあっても、僕たちは幸せでいることができるんですね」

「常に幸福感ばかりを感じて生きるというのは不自然なことじゃ。幸福感という感情の中に幸せがあると信じる者は、ネガティブな感情を感じることから逃げ、幸福感という感情を追い求める。その結果、刹那的な快楽主義や違法なドラッグにおぼれる者もいる。しかし、そうやって得られる幸福感のあとには、必ず虚しさがやってくる。

感情は目的として追求するものではなく、結果として受け取るものなのじゃ。大切なのは、『幸福感』という感情を追い求めることではなく、『幸せな生き方』をすることじゃ。もし君に、予期せぬアクシデントが起き、結果としてネガティブな感情が湧いてきたとしたら、『幸福感』を保つのは難しい。しかし、『幸せな生き方』を保つことはできる。

どんな状況にあっても、君は愛を実践することができる。感謝できることを見い出し、愛する対象を見い出し、人間として成長していくことができる。それこそが『幸せな生き方』じゃ。そのプロセスの中にこそ、本当の幸せはある」

「一つ質問させてください。ネガティブな感情も感じたほうがいいということは、自分の中のマイナス思考も大切にしたほうがいいということですか？」

「そうではない。感情と思考を分けてとらえるのじゃ。たとえば、悲観的な思考をする者は、その思考によって、悲しみや不安の感情が生じることが多い。そこで、もっと明るい人生にしたいと望むなら、**感情はそのまま感じ、思考を変えていくようにすればいいのじゃ**」

「感情はそのまま感じ、思考を変える？」

「たとえば、悲観的な思考を楽観的な思考に変えていくことができれば、悲しみや不安が生じることも減るじゃろう。これは、思考を変えることの成果と言える。ただし、人間である限り、悲しみや不安がゼロになることはない。悲しみや不安の感情が生じたときはいつでも、それを抑圧せずに感じるとよい」

「なるほど。考え方を変えていけばいいんですね。ただし、湧いてくる感情はいつでもそのまま感じる」

「そうじゃ」

「どんな感情でもそのまま感じたらいいんですね？」

「いや、どんな感情でもいいというわけではない。二次的な感情にひたってはいけない。二次的な感情とは、本当の感情を隠してしまう攻撃的感情のことじゃ。代表的なものは、怒りじゃ。君は辞めていく社員に怒っておったな」

「はい、特に黒木というやつに対しては、思い切り怒ってます」

「その怒りが最初に湧いたのはいつかね？」

「それは……黒木が、ふてぶてしく『辞めます』って言ったときですね。彼のことを右腕だと思っていたのに、会社にとって大事な時期に、僕になんの相談もなく辞めるなんて……裏切り行為ですから」

「それで怒りが湧いてきたのじゃな。では、怒りが湧いてくる直前にあった感情はなにかね？　それこそが一次的な感情、つまり本当の感情じゃ」

「怒りの直前ですか？　……いや、いきなり最初から怒りが湧いてきたと思うんですが」

「では、もしも君に怒りという感情がないとしたら、その社員から『辞める』と言われて、どんな感情になるじゃろう？」

「怒れないとしたら……ですか。……不安な気持ちになるでしょうね。それから、惨《みじ》めな気持ちになるかもしれませんね。頼りにしていた社員に裏切られたわけですからね。……今、自分で言いながら、その不安とか惨めという言葉に心が反応してます……うん、怒りが湧いてくる前に、不安とか惨めな気持ちがあったんだと思います」

「それらが一次的感情じゃ。君はそれらを感じまいとして生きてきた。なぜなら、それらの感情を感じることを怖れているからじゃ。そして、一次的感情を感じないですませるために、怒りという二次的感情にすり替えてきたのじゃ。つまり、自分を不安で惨めにさせる加害者を想定し、それを攻撃する感情を抱くことで、もともとあった不安で惨めな気持ちを感じなくてすむというわけじゃ。

しかし、ここで抑圧された不安や惨めな気持ちは、決して解放されたわけではない。君の中に残ってしまうのじゃ。……君だけでなく、多くの人間が、大人になる過程でこのパターンを身につけてしまう。その根底にあるのは、不安や悲しみや惨めな気持ちなどの感情を感じることへの怖れなのじゃ」

「もともとの感情を、怒りでごまかしてたのか……」

「また、怒りの攻撃的な波長は、攻撃的な人間を引き寄せ、戦いを引き寄せる。怒りのほかにも、恨み、憎しみ、ねたみなどの攻撃的な感情はどれも二次的な感情じゃ。人間の本質は愛であるから、これらの攻撃的な感情はすべて、本来の感情ではない。これら二次的感情の前には、必ず本来の感情、つまり一次的な感情があるのじゃ。その感情を感じることを、自分にゆるすのじゃ……その辞めていく社員に対する、君の一次的な感情を感じてみないかね？」

惨めな気持ちや不安を感じる？　いや、感じたくない！　僕の中のなにかが抵抗した。だけど、ここでごまかしたところで、その感情が消えるわけではないのだ。

「……どうやって感じたらいいんですか？」

「怒りが湧いてくる直前の場面を思い出すのじゃ」

「黒木が『辞める』って言ってる場面ですね……うーん、なんとなく、不安な感じや惨めな感じがするんですけど、すぐに怒りが湧いてきて……怒りだけになっちゃいますね」

「よろしい。では、別の方法を使ってみよう。君の心の中に、子どものころの自分がいると想像してみなさい。感受性が豊かで、傷つきやすかったころの君じゃ。何歳くらいの自分が浮かぶかね？」

今からなにがはじまるんだろう？　僕は少し戸惑いながらも目を閉じて、子どものころの自分を想像してみた。傷つきやすかったころの自分を。……まもなく子どものころの自分の姿が浮かんできた。

「五、六歳くらいでしょうか?」

「その子は君の心の中にいて、自分が感じていることを、今日まで君に訴えてきた。『怖い』とか、『つらい』とか、『さびしい』とか、君にメッセージを送ってきたのじゃ。しかし君は、その子のメッセージを無視してきた。『怖い』と言うその子に対して、『怖がる必要はない』と言って抑えてきたのじゃ。さあ、目を閉じたまま、その子の表情を想像してみるのじゃ。その子は、どんな表情をしているかね?」

「さびしそうです。不安な目をしています」

「その子に声をかけてやるとしたら、どんなことを伝えたいかね?」

「……今まで無視してきてごめんね……」

「では想像の中で、そのように声をかけてやるのじゃ」

僕は子どものころの自分に声をかけた。

「少しだけ安心した表情になってきました」

「ほかに伝えたいことは?」

「僕は君の味方だよ。どんなことでも、話したいことがあったら話してね」

「では、想像の中で伝えるのじゃ。そして、その子がどんなことを感じているのか、聞いてあげなさい」

僕は老人にガイドされるまま、その子の声に耳を傾けた。

「『さびしい』って言っています」

「では、『さびしい』『さびしいんだね』と声をかけてやりなさい。そして、ほかにどんなことを感じているのか、聞いてあげなさい」

こうして僕は、子どものころの自分の気持ちを聞き出していった。さびしさのほかには、不安、悲しみ、惨めな気持ちが出てきた。僕はそれらを受け止めて共感した。

「ほかにしてやりたいことはあるかね?」

「抱きしめてやりたいです」

「では、想像の中でそうしなさい」

しばらくして老人は続けた。

「その子はどんな感じかね?」

「すっかり安心しています。表情も明るくなった感じで、微笑《ほほえ》んだりしています」

「では、その子に『また話そう』と告げて、ゆっくり目を開けるのじゃ」

僕は静かに目を開けた。

「今、どんな気分かね？」

「なんていうんでしょう……とても落ち着いた気分です。子どものころの僕から伝わってきた感情は、今の僕自身の中にある感情でもあると思います。黒木たちが辞めることで、僕の中に、さびしくて、不安で、……悲しくて、惨めな感情が起きていたんですね。それが怒りの正体だったんです。そして、それを感じて味わっているうちに、なんか落ち着いてきました」


「君を怒らせていたのは、その黒木という社員ではなかった。君の中の怖れが、君を怒らせていたのじゃ。さびしさや不安を感じることへの怖れがな」

「そのことがよくわかりました。……ただ、今は冷静になっていますけど、また怒りが湧いてくることもあると思うんです。どう対処したらいいんでしょうか？」

「**怒りが湧いてきたときは、それが怖れからきていることを思い出し、『自分は今、怖れているんだ』と認めることじゃ。その時点で、怒りに支配されにくくなる。さらに自分を安心させる言葉を自分にささやきかけてやるとよい。**君だったら、どのようにささやきかけるかね？」

　僕はそっと目を閉じ、自分の胸に手を当て、自分にささやきかけてみた。

「怖れてるんだね。大丈夫だよ。宇宙に愛されてるんだよ」

「よい感じじゃ。声に出してもよいし、心の中でささやいてもよい。そして、自分の一次的な感情に気づいたときは、それを感じればよいのじゃ」

「こんなことで、怒りをコントロールできるんでしょうか？」

「この方法は、使えば使うほど効果が出てくる。うまく使えるようになるまでが訓練じゃ」

　これまでの人生で、「あの場面で怒るんじゃなかった」と後悔したことが数限りなくある。もし、この方法で怒りをコントロールできるようになるなら、これはすごい収穫だ。

18 幸せを生む愛、生まない愛

老人は目を閉じると、黙り込んだ。……どれくらいの静けさがあったのだろうか。しばらくして、老人は目を開いた。

「**君は自分を愛するということを学んだ。それは、自分が感じていることを尊重し、大切にするということじゃ。そしてそれは、自分以外の人を愛することにもつながる**」

「……僕は奈々子や智也のことを愛してるつもりなんですけど、結果として傷つけてしまうことが多いんです。これでも愛してるって言えるんですかね？　そもそも愛とはなにかっていうことを、僕はわかってないのかもしれません」

「愛という言葉はいろいろな意味で使われておるが、**わしが言う愛とは、相手の幸せに貢献したいと思う気持ちのことじゃ**」

「であれば、僕はたしかに奈々子や智也の幸せに貢献したいと思っています」

「ただし、愛には幸せを生む愛と、そうでない愛がある。……例を挙げて話そう。たとえば、子どもに幸せになってほしいという気持ちから、親が子に勉強を強要する。しかし、子どもはたくさん遊びたいと思っている。こんなケースはどうかね？」

「『あなたの将来のために、今はもっと勉強するのよ』なんて親が言ってるケースは、けっこうありそうですね。子どもにとっては災難でしょう。やりたいことを存分に楽しめないのなら、その子は幸せじゃないでしょうね。少なくとも子ども時代は、幸せじゃないと思います」

「では、こんなケースはどうじゃ。ある男が一人の女に惚《ほ》れ、その女を幸せにできるのは自分しかいないと思って、プロポーズをした。しかし女は、その男のことを好きではないので断った。ところがその男は、『彼女の幸せのためには、自分と結婚するのがベストだ』と信じていたので、しつこく女につきまとった」

「これも同じく、女にとっては災難ですね」

「今のたとえでは、親は子どもの幸せを願い、男も女の幸せを願っている。しかし、親も男も、相手の気持ちを尊重しておらん。自分の考えに固執していて、自分の思いどおりに相手をコントロールしようとしている。得てして相手というのは、自分の思いどおりにならんものじゃが、それを受け入れられないのじゃ。

これは、相手に依存する愛であり、執着愛とも言う。もちろん、幸せを生む愛ではない。**幸せを生む愛とは、相手の幸せに貢献しようとするとともに、相手の感じていることを尊重する愛なのじゃ。相手の感じていることを尊重することができれば、相手をコントロールしたくなる気持ちも手放せる**」


老人は続けた。

「君は、奥さんの感じ方や考え方を変えたくなることはないかね？」

「それはよくあります。『どうしてそんなことで落ち込むんだ？』とか、『どうしてそう悲観的に考えるんだ？』とか、奈々子に対して思うことがけっこうあります。そして、奈々子の感じ方や考え方を変えたくなりますね」

「奥さんは変えられることを歓迎するかね？」

「まさか！　抵抗してきますよ。ケンカになることもしょっちゅうです」

「**人は、自分のことを変えられたくはない。わかってほしいのじゃ。尊重してほしいの**

じゃ」

「でも、成功法則を知っている僕からすると、奈々子のマイナス思考には賛同しかねるところがあるんです。間違っても、『そうだよね』とか『わかるよ』なんて言えません」

「賛同する必要はない。君と奥さんは違う環境で育ってきて、違う価値観を持っている。君が奥さんと同じ感じ方、考え方をしようとするのは無理があるじゃろう。同時に、君の感じ方や考え方を奥さんに押しつけるのも無理があるのじゃ。**大切なのは、相手が自分と違う感じ方や考え方をすることを尊重することじゃ。『君はそう感じるんだね、そう考えるんだね』と尊重できればいいのじゃ**」

「なるほど。『そうだよね』って賛同できなくても、『君はそうなんだね』って受け止めたらいいんですね。だけど……それも言えないかもしれないですね。奈々子の言動を見てると、変えたくなっちゃうんです。その……執着愛ってやつだと思うんですけど」

「執着愛とは、怖れと愛が入り混じったものじゃ。相手の幸せを願いながらも、『相手の感じ方を信頼すること』への怖れがあるのじゃ。この怖れが、『自分の思いどおりに相手をコントロールしなければ』という執着心を生むのじゃ。奥さんを信頼するのじゃ。

その覚悟を決めることで、執着心を手放していける。奥さんが宇宙の偉大な力とつながった存在であることを信頼するのじゃ。奥さんを信頼しないということは、君を生かしている宇宙を信頼しないということなんじゃ」

僕は奈々子のことも、僕たちを生かしている宇宙も、信頼していなかったのか！　ちょっとショックだった。

「今後は第一の真実にもとづいて、奈々子のことを見ればいいんですね」

老人は深くうなずいた。

「そうすれば、奥さんが感じていることを尊重できるようになる。それは息子に対しても同様じゃ。**相手が感じていることをそのまま尊重するということは、相手の存在、つまりBeingを尊重するのと同じなのじゃ。これによって、相手の自尊心を満たすことができる。これこそ、幸せを生む愛であり、君自身を人間として成長させる愛なのじゃ**」

「……愛って深いですね。しかし、愛について知れば知るほど、僕は夫としても父親としてもダメなやつだと思います。今まで奈々子や智也の気持ちを尊重できなかった。自分のことながら嫌になってきますよ」

「自分を責めないことじゃ。完璧な夫、完璧な親など、どこにもおらん。**人は皆、未熟**

だからこそ成長する余地があるのじゃ。宇宙が君のすべてをゆるしているように、君も君自身をゆるしなさい」

宇宙はすべてをゆるしてくれている。この言葉が胸にしみわたった。

「愛ということに関して、もう一つたとえ話をしよう。ある男が世界平和のために活動をはじめた。男の妻は病気がちで、子どもが三人おり、妻は『家事を分担してほしい』と男に望んだ。しかし男は、『人類愛が大切だ』と言って平和活動に専念し、夜遅くまで家に帰ってこなかった。そのため、男と妻は毎晩のように夫婦ゲンカをした。……このたとえ話を聞いて、どう思ったかね?」

「その男に言いたいです。まず家庭の平和から!」

「そうじゃな。**愛も身近なところから実践することが大切なのじゃ。建物を土台から築いていくようにな。まず、自分自身と家族に対して愛を実践すること。自分と家族を愛せない者が、どうしてほかの人々を愛せようか?**

自分が感じていることを尊重し、自尊心を自分で満たすのじゃ。同時に、家族の気持ちを尊重し、家族の自尊心を満たし、自分と家族の全員が最大限の幸せを味わえる家庭

を築くのじゃ。そして、その愛を身近な人たちに、さらにその周囲へと広げていけばよい。

若かったころのわしは、そのままの自分を愛することができなかったために、名誉欲や自己顕示欲に駆り立てられたし、女性たちとの関係にもおぼれた。その結果、家族を傷つけるはめになったのじゃ。そんな状態じゃったから、従業員や客たちの幸せを考える余裕などほとんどなかった。また、わしにとって出会う人たちは、愛する対象ではなく競争相手だった。

なんともさみしい生き方だと思わんかね？　これでは、幸せを味わうひまもない。豊かになれるはずもない」

「僕は今日まで、成功する上で、愛というのはあまり関係ないものだと思っていました。むしろ、名誉欲や自己顕示欲や競争心が高い人のほうが、成功するんだと思ってました。鏡の法則を教えてもらうまでは、ですけど」

「鏡の法則が教えてくれるように、われわれは与えれば与えるほど、愛を出せば出すほど、自分自身が与えられて豊かになるのじゃ」

「与えれば与えるほど、か……では、いくら家族を愛していても、『自分と自分の家族さえ幸せであればいい』っていうのじゃダメですよね。これは、与える心というよりもエゴですよね」

「そうじゃな。では、『自分の会社の社員さえ幸せであればいい』というのはどうじゃ？　あるいは、『自分の国さえ幸せな国であればいい』というのは？」

「それらもエゴっていう感じがします。やはり人類愛にまでいかないとダメなんでしょうね」

「では、『人類さえ幸せであればいい』というのは、どうかね？　……この地球上には五百万種類の生物がいると言われているが、今、一年間に数万種もの生物が絶滅していっておる。人類による自然破壊や乱獲が原因と言ってもいいじゃろう」

「それ、新聞の記事で読んだことがあります。日本でもたしか……どこかのヤマネコやカワウソが絶滅しそうだとか。日々仕事に追われている身なんで、自分には関係ない話だと思ってましたけど、今日は気持ちが少しピュアになっているのか、胸が痛みます。人類さえよければいいっていうのは、人類のエゴだと思います」

「**『何々さえ幸せであればいい』と愛の対象を限定してしまうと、それはエゴになるの**

じゃ。それは本当の愛の姿ではない。宇宙はすべての人間、すべての生物、すべての存在に愛を注いでいる。これが愛の姿じゃ。マザー・テレサは言った。『**愛の反対は無関心である**』と。他人のことなど無関心、他社の社員の幸せなどどうでもいい、人類以外の生物がどうなろうと知ったことではない……こういった無関心は、愛とは反対のものじゃ。また、キング牧師がこんなことを言っておる。『**後世に残るこの世界最大の悲劇は、悪しき人の暴言や暴力ではなく、善意の人の沈黙と無関心だ**』と」

そのとおりだと思った。実際、僕も含めて、エゴで生きている人は多い。

「なぜ僕たちは、愛の対象を限定してしまうんでしょうか？」

「愛を抑えてしまうのは怖れじゃ。『他人のことまで気にかけていたら、自分の幸せが崩れてしまうのではないか？』、『競合会社が潤ったら、自分の会社はやっていけないのではないか？』、これらの怖れが、愛を抑えてエゴに向かわせるのじゃ」

「その怖れは僕の中にもあります。実際、僕は自分と家族のことで精いっぱいです。こんな僕でも、人類や地球上の生物の幸せを願うくらいの愛が、出てきますかね？」

「生物の絶滅の話を聞いて、君の胸が痛んだのは、君の中に愛があるからじゃ。人間の本質は愛なのじゃからな。つまり、愛は君自身と一体のものなのじゃ。一方、怖れとは君がつくり出したもの。君の創造物にすぎん。君がつくったのだから、君は捨てることもできる。まるで、服を一枚一枚脱ぎ捨てていくようにな」

怖れをつくったのが自分だと考えると、自分で捨てていくこともできそうな気がしてきた。

「怖れという服を脱ぎ捨てれば脱ぎ捨てるほど、君自身の内部から発せられる愛が表に出てくるのじゃ……そのためにも、まず土台からなのじゃ。自分と家族に対して愛を実践することは、怖れを手放していく最適な訓練にもなる。それをしながら、同時に、その愛を広げていけばよい。身近な人たちや友人たちを愛し、自分の仕事を愛し、仕事を通じて関わる人たちを愛する。さらに、愛の対象はどこまでも広げていくことができる。自分が住む地域の人たち、自分が生まれ育った郷土や国。そして世界中の人々、さらには、この地球という星の美しい自然。**ここまで愛を広げた者は、愛するものに囲まれて生きることになる。どこに行っても、愛するものに囲まれているのじゃ。これこそ真の豊かさが実現した姿じゃ**」

「たしかに、それは最高に幸せだし豊かでしょうね。だけど、そんなに大きな愛を持った人間になれるかどうか、難しい気もします。家族や社員たちくらいまでだったら愛せると思うんですけど」

老人は軽く首を振った。

「**大きな愛を持った人間になるのではない。もともと、われわれは無限に大きな愛を持っているのじゃ。宇宙の愛につながっているのじゃからな。あとは、それを抑えている怖れを手放していけばよいだけじゃ。だからといって、無理をする必要はない。今の君が愛したいと思える範囲の人たちに、まず本気で愛を実践するのじゃ。**そして同時に、その範囲の外にも、関心を持つようにするとよい。『幸せな世の中とはどんな世の中なのか』、『この地球という星の幸せな姿とはどんな姿なのか』、そういうことに関心を持っておくようにしなさい。そうすれば、君の愛は広がっていくことになる」

「そのためにも、まず自分と家族なんですね。これからは社員たちにも、『自分自身と家族の幸せを大切にしよう』って伝えていきたいです……ところで、独身で一人暮らしの社員の場合は、家族がいないわけですけど、まず自分を愛することからはじめればいいんですか？」

「それでもよいし、最も親しくしている人を家族と考えてもよい。大切なことは、できるところから愛を実践することなのじゃ」

「『実践する』という言葉をよく使われますね。その言葉に引っかかるんですけど、心で愛しているというだけじゃなくて、なにか具体的なことをするという意味ですか？」

「もちろんじゃ。**愛は、言葉や態度で表現することによって、はじめて相手に伝わる。**それを表現しなければ、相手は『関心を持ってもらってない』とか『愛されていない』と感じてしまう。だから言葉や態度で表わすのじゃ。**相手のことを気にかけ、相手の言うことに関心を示し、相手の気持ちに共感しなさい。相手のために、できるだけ時間をつくりなさい。そして、相手に感謝の言葉や愛の言葉を頻繁に伝えるのじゃ**」

「頻繁にですか？　奈々子や智也に伝えるのは、照れちゃいますね」

「頻繁に実践すれば、それがもたらす変化に君は驚くことになるじゃろう。そして、それをまず家族に対してやらずして、誰に対してやるのじゃ？　……君の会社に、こんな社員はいないじゃろうな。客には、会うたびに頻繁に感謝の言葉を伝えていながら、家族には、一年に一度、つまり誕生日くらいにしか伝えない」
そう言うと、老人はいたずらをする子どものような笑顔で僕を見た。
「まいりました。それは完璧に僕のことですね。僕のことを誰から聞いたのですか？
もしかして、奈々子なんですか？」
老人は例の調子でとぼけた。
「いやいや、これまた偶然じゃ。君がそうだとは思わんかった」

19 心のチューニング

老人は真面目な顔になって、あごひげをさすりはじめた。
「さて、わしは最初に、『君の中に偉大な力がある』と言った。そして、その力にアクセスして真の豊かさを実現するため必要なことを、君に話した。君はわしの話からなにを学んだかね？」

僕は老人から聞いた話を思い出しながら、言葉にした。
「……最初に学んだのは、自分の中心軸を定めるということです。つまり、『自分にとってなにが本当の幸せなのか』を明確にするということですね。これが明確になれば、あらゆる判断をするときの価値基準になります。

それから、幸せの鍵を握るのが『つながり』だということも知りました。……ただし、つながりを失うことへの怖れに支配されると、『人から認められなくちゃいけない』って思うようになって、人からの評価に振り回されてしまう。

一方、怖れじゃなくて、愛を動機にして生きるとき……幸せに人とつながることができて……本当の幸せが実現します」

話すことによって、僕の中の情報――僕にとっては膨大な情報――が次第に整理されていく。

「ここでポイントとなるのが……自尊心でしたね。自尊心を自分で満たすことができるようになれば、怖れに支配されにくくなるわけです。……そして、自尊心を満たして本当の幸せにいたるための、『三つの真実』を教えてもらいました」

ここで老人は、僕の話を制するように、左の手のひらを僕のほうに向けた。

「大事なことを伝えるのを忘れておった。一番大切なのは、『三つの真実』を自分のものにすることじゃ。それによって君は、自尊心を満たし、愛に生き、本当の幸せを実現することができる。君の中心軸も定まるわけじゃ」

「自分のものにするには、どうすればいいんですか？」

「習慣じゃ。今から教えることを、君の習慣にするのじゃ。よいかね、**一日の時間の一パーセントを、三つの真実を内面化するために使いなさい**。紙とペンはあるかね？」

僕はデスクの上にあったコピー用紙とペンを老人に渡した。老人は一枚の紙にこう書いた。

「3つの真実」の内面化ワーク

1. 自分が宇宙とつながった偉大な存在であると感じる
「私は、宇宙の叡智とつながった偉大な存在だ。愛に満ち、喜びに満ち、生命力に満ちている。周りを幸せにする力と、この星に貢献する力にあふれている」

2. 感謝できることを探し、心から感謝する

3. 自分が生活の中でどんなことを感じているかに意識を向ける

老人は書き終わると、その紙を僕に渡した。筆で書いてもらえばよかったと思うほどの見事な字だ。

老人は言った。

「**内面化とは、知識として知ったことを心の深いレベルに落とし込み、強い信念にまで育てることじゃ。これによって君は『三つの真実』を体得でき、最大の恩恵に浴することになる。**具体的に言おう。一日二十四時間の一パーセントと言えば、約十五分じゃ。毎日、合計で十五分の時間を確保するのじゃ。朝の目覚め後の時間と、夜の就寝前の時間が最も効果的じゃが、それが難しい場合は

いつでもよい。とにかく、一日に合計で十五分間程度、その間に三つのワークをするのじゃ」

「それが、この紙に書いてあるワークなんですね」

「そうじゃ。まず一つ目のワーク。自分が宇宙とつながった偉大な存在であると感じるのじゃ。これは、第一の真実を内面化することになる。そのときに唱えるとよい言葉もそこに書いておいた」

「『私は、宇宙の叡智とつながった……』ではじまる言葉ですね」

「そうじゃ。その言葉を覚え、目を閉じて、繰り返し唱えるとよい。そうしながら、自分が宇宙とつながっていることを感じるのじゃ。もし君のイメージ力が豊かなら、光り輝く自分の姿を想像しながらやるとベストじゃ。想像しにくいようなら、言葉を繰り返すだけでもよい。


二つ目のワークでは、感謝できることを探して、心から感謝するのじゃ。まずは、自分が宇宙とつながっていること、そして宇宙から愛され生かされていることに感謝するとよい。あとは、感謝できることや感謝したい人を探し、『ありがとうございます』と感謝していくのじゃ。これは目を閉じてやってもよいが、できれば感謝日記のようなものを用意して、それに書き記すとよい。いずれにせよ、この二つ目のワークをやっていくと、鏡の法則が作用して、感謝したくなるような出来事がたくさん起きるようになる。この体験によって、第二の真実が内面化されるのじゃ。

そして三つ目のワークでは、自分が生活の中でどんなことを感じているのかに意識を向けてみるのじゃ。抑えている感情があるようなら感じてやるとよい。特に、生活の中で怒りや憎しみなどの二次的な感情を抱いているようなら、もとになる一次的感情を探って感じるのじゃ。このワークは、第三の真実を内面化することになる」

「僕はおそらく、この三つ目のワークが苦手ですね。自分がなにを感じているのか、これを見つけるのが難しそうです」

「これも訓練じゃ。心の中に『子どものころの自分』がいると想像して、その子に『最近、どんなことを感じてる?』と聞いてみる方法も使える。その子からなにか答えが返ってきたら、共感してやればいい」

「さっきやった方法ですね。それも使ってみます。ところで、この三つのワークをどんな時間配分でやればいいんでしょうか?」

「君に合った時間配分を見つければよい。合計十五分というのもおよその目安じゃ。また、三つ目のワークに関しては、毎日できない場合はそれでもよい。用意した時間を一つ目と二つ目のワークで使い果たし、それ以上の時間的余裕がない場合は、三つ目のワークは週一回くらいのペースにしてもよい」

「融通《ゆうずう》を利かせればいいんですね」

「楽しく続けるためにもな。なるべく楽しめるように工夫しながら、まず二十一日間続けてみることじゃ。**楽しみながら二十一日間続けたことは、習慣になるのじゃ**」

「楽しみながらか……まあ、このワークをやること自体が楽しそうですけどね」

「それもそうじゃな。……現代人の多くは、氾濫する情報に翻弄されて、自分にとって本当に大切なことを忘れてしまっている。その結果、日々の雑多な出来事に流されるはめになる。人生の時間は限られているというのに、もったいないことじゃ。**最高に有意義な人生を送りたいなら、最高に有意義な一日を送ることじゃ。最高に有意義な一日を送りたければ、一日のせめて一パーセントの時間を心のチューニングに当てることじゃ。このワークをやることで、君の心は愛と感謝にチューニングされ、君は最も大切なことを思い出す。そのことで、君の人生は幸せで輝かしいものになるのじゃ**」

僕は老人の言葉をかみしめた。僕の心があたたかいもので満たされてくる。僕は幸せだ。間違いなく幸せだ。そう感じている自分が不思議でもあった。老人と話す前は、あんなに混乱していたのだから。

20 人生の遠大なる計画

ふと、時間が気になった。ノックの音で目が覚めたのがちょうど七時。あれからどのくらい時間が経ったのだろう？　とっくに社員が出社してくる時間になっているような気もした。しかし、腕時計をちらっと覗くのも、振り返って後ろの壁にかかっている時計を見るのも、老人に対して失礼な気がした。そしてなによりも、老人に対して僕の誠意を示したかった。一人目の社員が出社してくるまでは、時間を気にせずに老人の話に集中しよう。そう思ったとき、老人が口を開いた。

「そろそろ、あの言葉を伝えてもよさそうじゃ」

老人は、慈愛に満ちた微笑とともに、真っ直ぐな視線を僕に向けた。いよいよ、あの五文字の言葉を聞けそうだ。僕は姿勢を正した。

老人の幸福に満ちた表情は、僕にその言葉を伝えることが深い喜びであることを物語っている。老人以外のすべてのものは僕の視界から消え、僕と老人しか存在しない空間になった。

老人はゆっくりと口を開いた。

「おめでとう」

老人の目に涙が浮かんだ。気づいたら、僕の目にも涙があふれてきた。なぜ「おめでとう」なのか、その理由も聞いていないのに、僕の心はその祝福の言葉を素直に受け入れている。慈しみに満ちた老人の目から、老人の気持ちが伝わってくる。老人の「おめでとう」には、僕が存在していることへの祝福が込められていた。これが愛なのだ、と僕は感じた。僕たちは、しばらく涙もぬぐわずに見つめ合った。

老人が再び口を開いた。

「まずなによりも、君が存在していることにおめでとう！　じゃが、わしが祝福したいのはそれだけじゃないぞ」

「わかっています。僕が今、大きな問題に直面していること。そのことを祝福してくれてるんですね。今回のピンチのおかげで、僕は本当に大切なことをいろいろ見つめ直せそうです」

「うむ。君が人生について見つめ直す機会を得たことは、本当にめでたいことじゃ。……だが、もしも最初にわしが『おめでとう』などと言っておったら、君は怒っていたじゃろう?」

「たしかに、怒っていたと思います」

老人は意味ありげに微笑んで言った。

「さて、おめでとうにはもう一つ意味がある」

「え? もう一つ?」

「昨晩、君の息子が遅くまで起きてなにをしようとしていたか、知っているかね?」

老人の言葉には何度も驚かされたが、今度ばかりは耳を疑った。

「え……どうして、そのことを知ってるんですか? 僕、そのことは話してませんよね」

「わしはひととおりのことは知っておる。そんなことより、君の息子はなにをしようとしていたんじゃろう？」

老人は静かに立ち上がり、僕のほうに回ってきて、デスクの引き出しを開けた。

「これはなにかね？」

そう言うと老人は、引き出しの中にある細長い茶色の筒を指差した。

「この中には、智也が描いてくれた僕の絵を入れてるんです」


僕は筒から絵を取り出して広げた。智也がクレヨンで描いてくれた僕の絵。お世辞にも似ているとは言えないが、目をぱっちりと開いた笑顔の僕が描かれている。僕を喜ばそうとして、智也が一所懸命に描いてくれたのがわかる。智也の僕に対する気持ち――あこがれとか尊敬心みたいなもの――が伝わってくる。

「これは、去年の僕の誕生日に、智也がプレゼントしてくれたものです」

そう言いながら、僕は思い出した。今日は僕の誕生日だ！　昨日の日中には、「明日は誕生日だな」なんて思っていたのに、そのあとのドタバタですっかり忘れていた。

今日が誕生日だと僕が言う前に、老人が言った。

「誕生日、おめでとう」

「あ……今日が僕の誕生日だって、知ってたんですね。それが、おめでとうのもう一つの意味なんですね」

老人は黙ったまま微笑んだ。

僕は、去年の誕生日の朝のことを思い出した。智也は起きるとすぐに、「お父さん、誕生日おめでとう」と言って、この絵をプレゼントしてくれた。智也の気持ちが嬉しかった。そして僕は、その絵を会社にまで持ってきて、それ以来、デスクの引き出しに入れているのだ。……昨日の夜、智也がやろうとしていたことがわかった。

「仕事でつらいことがあったときなんか、この絵を見るんです。すると、勇気と元気が湧いてきます。そのことを何度か智也に伝えたんですが、その都度、本当に嬉しそうな顔をするんです。そして、『来年の誕生日には、もっといい絵を描いてあげるね』って、智也は言ってました。……昨日、智也は遅くまで、僕の絵を描こうとしてたんだと思います。自分の描く絵が、僕への最高の誕生日プレゼントになると信じて……それを僕は、『ダメな子は嫌いだ』って……」

智也はどんなにか傷ついただろう。すぐに家に帰って、智也を抱きしめたい。そんな衝動に駆られた。奈々子にも謝りたい。「僕にとって一番大切なのは、奈々子と智也なんだ」と、一刻も早く伝えたい。そして、今まで二人のことをあと回しにしてきたことを謝るのだ。

しかし、もうすぐ社員が出社してくる。黒木たちのことを社員に伝え、今後の対策も考えねばならない。今回のことをきっかけに、社員が幸せに働ける会社にしたい。世の中の幸せに貢献する会社にしたい。そのためにも、今日は大事な日になるだろう。智也と奈々子に会えるのは、やはり仕事を終えてからになってしまうのか？　だけど僕は、一刻も早く二人に会いたいという気持ちを捨てられなかった。

葛藤する僕に向かって、老人が口を開いた。

「さて、わしが誰に頼まれてきたか、それを教えるときがきたようじゃ」

その言葉で、僕の意識はすべて老人に向いた。僕に大切なことを気づかせてくれたこの老人の正体が、ついにわかる。僕は次の言葉を待って息を飲んだ。

老人は言った。

「わしにここにくるよう頼んだのは……君なんじゃ」

一瞬、冗談だと思った。しかし老人の表情は、それが冗談ではないことを語っていた。

「僕？　だって、今日はじめて会いましたよね？」

「いや、以前に会っておる。君が生まれてくる前にな。信じるか信じないかは君の自由じゃが。……人間は、生まれてくる前に人生の計画を立ててから、生まれてくるのじゃ。今回の人生でなにを学ぶか？　どんな親のもとに生まれ、どんな境遇で子ども時代をすごすか？　人生のどの時期に、どんな試練に遭遇するか？　こうしたアウトラインを計画してから生まれてくる。そして、君の計画をサポートするのがわしの役目なのじゃ」

「ちょっと待ってください。あなたは若いころから、商売をしてきたんですよね？」

「あれはずいぶん昔の話じゃ。十三世紀後半のころじゃからな。当時、わしはフィレンツェというところで商売をしておった」

「十三世紀？　フィレンツェ？　……もしかして前世ってやつですか？」

「今のわしは、まったく別の仕事をしておる。その一つが、君のサポートなのじゃ。君が立てた計画によると、もしこの時期に君が競争心をベースに生きていたら、生き方を見つめ直さざるを得ないようなアクシデントが起きるようになっていた。そして予定どおり、それが起きたのじゃ。このとき君をガイドするよう、君は生まれてくる前に、わしに頼んだのじゃ。覚えてはおるまいがな」


「つまり、今回の出来事も、僕が生まれてくる前に立てた計画どおりっていうわけですか？　だとしたら僕は、生まれてくる前から存在していたっていうことですよね？」

「人間は肉体を超えた存在。それはつまり、君の肉体が誕生する前から、君の意識は存在していたということじゃ。そして、いずれ肉体が死んだあとも、君は存在し続ける」

「……実は、あなたと話しはじめてから、なぜか懐かしいと感じたんです。過去にあなたと会っていたからだ、って考えると理解できます。だけど、生まれてくる前の僕に、どこでどうやって会ったんですか？　ん？　もしかして、あなたはこの世の人間じゃないんですか!?」

老人は僕の質問には答えず、あたたかいまなざしで僕を見つめた。

僕は質問を変えた。

「人生ってあらかじめ計画されているものなんですか？」

「君の息子を例に話そう。学校に行けないという貴重な経験を通して、彼は今、とても大切なことを学んでおる。それと同時に、君や奥さんに、親としての学びの題材をも提供しておる。つまり君と奥さんの成長をもサポートしているわけじゃ。これは、君たち家族がお互いに計画していたことなのじゃ。このように、人生の計画というのは、自分を成長させるだけでなく、身近な者たちと成長をサポートし合うように設計されているのじゃ」

「じゃあ、僕自身の人生の計画も詳しく教えてください！　僕はどんな人生を計画しているんですか？」

「これ以上、詳しいことを教えることはできん。人は生まれてくるとき、自分で設計した人生の計画を忘れてから生まれてくる。それには理由があるのじゃ。君は、クイズの本を読むとき、答えから先に見たりはせんじゃろう。それではクイズを解く楽しみが味わえんし、クイズを解く力がつかん。人生というのは、自分で用意したクイズの問題のようなものじゃ。それを解くプロセスこそが学びであり、それを通じて君は成長するのじゃ。だから、先にクイズの答えを教えるようなことはできん」

「そうですか……教えてもらえないのはちょっと残念だけど、クイズを解くって考えたら楽しくなりそうですね。じゃあ別の質問なんですが、僕の人生のストーリーはもう決まっているんですか？」

「君が立てた計画は、大まかなアウトラインじゃ。実際の人生において、君がどんな動機でどんな選択をするかは、君の自由意志が決めていくことじゃ。そしてそれによって、そのあとのストーリーは違うものになっていく。どんな選択をしようとも、君が成長することには違いないが、愛を動機にした選択をするほど、君の人生は幸せに満ちたものになるのじゃ」

「では、どうして僕にだけ、あなたのような……メッセンジャーみたいな人が現れたんですか？」


「君だけではない。すべての人間にメッセージは届けられるのじゃ。必要なときに最善のタイミングでな。ただし、メッセージの形はさまざまじゃ。たまたま書店で手に取った本の中に、自分にとって必要な情報が書いてある場合もある。友人と話していて、その会話の中に、自分が探していた答えが見つかる場合もある。散歩をしていて、自分の問題を解決するヒントが突然ひらめく場合もある……もっとも、これらのメッセージに気づくかどうかは、本人次第じゃがな。おお、そうじゃ、君が二十五歳のときじゃったかな、本屋で雑誌を立ち読みしたことがきっかけになって、成功法則の本を何冊か買ったじゃろう？　あのとき、君が本屋に立ち寄りたくなったのは、わしの送ったインスピレーションを君が受け取ったからじゃ」

「そうだったんですか！　これまでも見えないところで、僕を導いてくれてたんですね。……だけど、今回は直接会いにきてくれたってわけですよね。これって、かなり特別なことじゃないんですか？」

「今回、こうして『三つの真実』を教えにきたのは、君の使命に関係がある。その使命がどんなものかは、わしが教えるわけにはいかんがな」

「僕の使命？　わかりました。自分で見つければいいんですね」

僕の言葉を聞いて、老人は満足そうに微笑み、立ち上がった。

僕も立ち上がろうとしたが、なぜか体が重くて動けない。どうしたことか、まぶたも重くなってきて、目を開けていられなくなった。

遠くで老人の声が聞こえた。

「わしはずっと見守っておる。いつも君に愛を送っておる」

21 再出発

なにかの音で目が覚めた。いつの間に眠ってしまったのだろう？　あわてて部屋を見回してみたが、老人の姿はなかった。いつから僕は寝ていたんだ？　社員たちはまだ出社していないのか？　壁の時計に目をやった瞬間、全身の血液の流れが止まった。朝の七時を指している。どういうことだ？　腕時計を見てみる。こっちも七時だ。たしか、ノックの音で目を覚ましたのが朝七時だったはず。それから老人と出会ったのだ……まさか、まさかあれが夢だったというのか？

僕はあわててドアのほうに走った。なにかを期待してドアを開けてみたが、誰もいない。老人はどこへ、老人と話した時間はどこへ行ってしまったんだ？　あれが夢だったなんて思いたくない。断じて。

ドアを閉めながら考えた。老人と話した痕跡は残ってないのだろうか？　僕はすぐにデスクに戻ったが、デスクの上には、老人と僕が飲んだコーヒーのカップも見当たらなければ、老人に見せたはずの絵――智也が描いてくれた僕の絵――もなかった。引き出しを開けてみた。いつもの場所にいつものように茶色の筒がある。ふたを開けてみると、中には丸められた絵が入っていた。まるで何事もなかったかのように。……僕は泣き出したい気分になった。

窓から朝日が差し込んでいる。立ち上がって、窓のほうに歩いた。ため息をつきながら、両手をポケットに突っ込む。そのとき、左手がなにかに触れた。なんだ？　紙がきれいにたたまれている。もしや？　広げた瞬間、風格のある字が目に飛び込んできた。「三つの真実」の内面化ワーク！　老人が書いてくれたものだ！　夢ではなかったんだ！　僕の全身にエネルギーが満ちてくる。いつの間にか笑いがこぼれてきて、止まらなくなった。

僕は家に向かった。奈々子と智也に会ってから、会社に戻ってくるだけの時間がある。智也に昨晩のことを謝りたい。奈々子にも、今までたくさん傷つけてきたことを謝りたい。

僕は仕事にかまけて、家族のことをあと回しにしてきた。優先順位を間違えていたのだ。僕はもっと二人とコミュニケーションを取ることもできたはずだし、二人の心の支えになることもできたはずだ。家族三人で、「どんな家庭を築いていきたいか」を話し合うこともできた。それをやらなかったのは、自分にとって最も大切なことがわかっていなかったからだ。

僕にとって最も大切なこと……それは、まず目の前の家族に精いっぱいの愛を注ぐこと。そして次に、その愛を社員やお客さんに広げていくことだ。今の時点では、それが僕の中心軸になりそうだ。そしてこれを実践していったときに、ぶれない中心軸が定まるのだろう。


自分にとっての本当の幸せとはなにかが、見えはじめた気がする。そのことが嬉しかった。ふと、黒木の顔が浮かんだ。もし黒木が、会社を辞めるなんて言い出さなかったら、僕は優先順位を間違えたまま走り続けただろう。家族をあと回しにして、社員の幸せを考えることもせず、目標達成ばかりを追い求めただろう。そう考えると、黒木のおかげで、僕はなによりも大切なことに気づけたのだ。黒木、ありがとう。その言葉を、僕は心の中で何度も繰り返した。

昨晩の時点では、黒木たちに取られる顧客を少しでも減らすべく、黒木たちと戦うつもりだった。もちろんそれは、僕の中の怖れから出た考えだ。僕はあらためて、愛を動機に考え直してみた。うちの社員にとって、どうするのが一番幸せなのか？　顧客企業にとっては、どうするのが一番幸せなのか？

僕の中で一つの考えが浮かんだ。社員の皆と一緒に考えてみてはどうか？　今まで僕は、いかにして彼らを頑張らせようかと、社員をコントロールすることばかり考えてきた。しかし本来、僕と社員は対立する存在ではないはずだ。彼らは僕の味方であり、仲間であり、パートナーなのだ。

今回の件について本音で話し合えたら、皆が心から納得できる解決策が見つかるかもしれない。僕は決意した。今回の問題を、幸せな会社を築いていくためのきっかけにしよう。

さらに、僕の中に新たなアイデアが浮かんだ。幸せな組織を築くための研修プログラムを作って、顧客企業に提供するというものだ。また、経営者を対象にして、幸せな会社経営を実現するセミナーを企画するのもいい。老人から教わったことも取り入れることができそうだ。研修やセミナーを通じて、企業で働く人たちの幸せに貢献できると思うと、僕はワクワクしてきた。

もしかしたら、これは僕の使命と関係があるのかもしれない。

自宅のあるマンションが見えてくると、僕は早足になった。いよいよマンションの下まできたとき、携帯電話が鳴った。誰だろう？　ディスプレイに表示された名前を見て、僕は足を止めた。黒木からだ。

「黒木か？」

「矢口さん、今、大丈夫ですか？」

「あ、あー」

「夕べはさんざん悪態をついて、すみませんでした」

「どうしたんだ？」

「いえ、俺なりに不満を溜めてたんで、あんな言い方しちゃいましたけど……悪かったです。こんな時期に海老原と岸を連れて辞めるのは、申し訳ないことだと思ってるんですよ。だけど、独立するのは俺の夢でもあるし、あの二人もついてきてくれるって言うんで……」

「わかってるよ。俺も前の会社を突然辞めて独立した人間だ。それに海老原も岸も、その会社から引き抜いたわけだしな」

「矢口さんとはこれから競合になるわけですけど、世話になったことは感謝してます」

「俺も黒木には感謝してるよ」

「それで、ついさっき決めたんですけど、客を連れて行くのはやめます。一から新規開拓して勝負しますよ」

「どういうことだ?」

「正直言って、独立してやっていけるかどうか不安もあって、なんとしても客を連れて行こうって考えたんです。それで、顧客の社長や担当者に頭を下げて回ったんですよ。だけど、さっきからやけにモヤモヤしてきたんです。『これじゃあ、あまりにも恩知らずだな』って。それで、客には断ろうと決めました」

「だけど、それはお客さんが選ぶことじゃないのか?」

「『どうしても』ってお願いされれば、受けるかもしれませんが、基本的には断るようにします。正々堂々と勝負したいんですよ、矢口さんと。いずれ追いつきますから。……でも、今まで世話になったことは感謝してるんです。顧客の引き継ぎとかでわかんないことがあったら、いつでも連絡ください。それじゃあ」

僕が次の言葉をかける間もなく、電話は切れた。それにしても、黒木らしい。彼なりに感謝の言葉を伝えてくれたのだ。僕は黒木との関係が険悪なものでなくなったのが嬉しかった。老人から教わったことを、いずれ黒木にも教えてやろうと思った。

自宅の玄関のドアの前に立ったとき、僕は腕時計を見た。七時半をすぎたところだ。奈々子も智也も、まだ寝ているんじゃないだろうか？　最近は、僕が家を出るとき——八時ごろ——は、二人とも寝ていることが多い。何時まで寝ているのか、僕はよく知らないのだ。ゆっくり寝たいんじゃないだろうか？　それを起こしてまで謝るなんて、僕の自己満足じゃないだろうか？　僕は弱気になってきた。

昨日の夜の智也の姿が浮かぶ。うつむいて、泣き声を出すのを我慢している智也。足もとにぽたぽたと落ちる智也の涙。智也はきっと、僕の誕生日のプレゼントにしようと思って、僕の絵を描いてくれていたのだ。その僕に「ダメな子は嫌いだ」なんて言われて、智也はどんなにか傷ついただろう。……やっぱり、一刻も早く謝りたい。昨日の僕の言葉が嘘だってことを智也に伝えるんだ。僕は鍵を回し、ドアを開けた。

玄関に奈々子と智也がいた。智也が目を丸くして僕を見る。

「あ、お父さん！　おはよう」

「おー、おはよう。まだ寝てると思ってたから驚いたよ。それにもう着替えてるじゃないか。出かけるのか？」

「今からお母さんと一緒に、お父さんの会社に行こうとしてたんだよ。そしたらドアが開いてお父さんが入ってきたから、ビックリしたよ」

「お父さんの会社に？　とりあえずリビングに入ってから聞こうか」

僕はリビングのソファーに腰を下ろしてから二人に聞いた。

「会社にこようとしてたって？」

「それはあとで説明するわ」

そう言うと奈々子は、目で智也に合図をした。智也は僕の前にきて「気をつけ」の姿勢になった。

「お父さん、お誕生日おめでとう！」

奈々子も続けた。

「あなた、おめでとう」

「あっ、ありがとう」

二人の気持ちが嬉しかった。奈々子が明るい笑顔を見せてくれているのにも驚いた。久々の笑顔だ。僕の誕生日を祝うために、元気を出してくれているのだ。

智也が手に持っていたものを僕に渡した。画用紙を巻いて、輪ゴムでとめてある。

僕は智也に尋ねた。

「これ、広げてもいいかな？」

智也は嬉しそうな顔で返事をした。

一人の男が描かれていた。上のほうに、「お父さん」って書いてある。

「うわー、お父さんの絵じゃないか！　嬉しいよ、智也！　ありがとう！　ところで…

…この絵をいつ描いてくれたんだ?」

「昨日の夜と、今日の朝だよ」

「朝だって?」

奈々子が答えた。

「実は今朝六時半くらいに、智也の部屋で目覚まし時計が鳴ったのよ。ここのところ目覚まし時計なんて使ったことないし、どうしたんだろうって思って行ってみたら、智也が起きてたの」


智也が続けた。

「昨日、夜更かししていて怒られたでしょ。だから目覚ましをセットして寝たんだ。朝、お父さんが会社に行く前に、絵を渡したかったからね。だって去年もそうしたら、それを会社に持って行ってくれたでしょ。会社の人たちに見せたら、みんなが『おめでとう』って言ってくれたんでしょ。だから、どうしても今日の朝に渡したかったんだ」

「智也は、あなたが夜のうちに会社に行ったって知らなかったのよ。朝、私がそれを言ったら、『今から絵を描くから、一緒に会社に持って行こう』って言うの。『誕生日は、嬉しい気持ちで仕事してほしいから』って」

涙がこみ上げてきた。智也は僕を喜ばそうとして、早起きまでして僕の絵を描いてくれたのだ。昨晩ひどい言葉をぶつけた僕のために……。

あらためて絵を見た。クレヨンだけでなく色鉛筆やサインペンも使ってあり、不器用な智也が一所懸命に描いてくれたのがわかる。紺のスーツに赤いネクタイの僕が、デスクの前に立って笑っている。左手に手帳を持ち、右手はどこかを指差している。実物の僕より何倍もりりしい。

「お父さん、裏も見てね」

智也にそう言われて裏を見た。右下のほうに、智也の字でなにか書いてある。

お父さん、大好きだよ。
39さいのたんじょう日おめでとう。
お父さんは、ぼくの自まんのお父さんだよ。
ぼくもいつか、お父さんの自まんのむすこになれるように
がんばるよ。
智也

あふれてきた涙が止まらない。

「智也……ありがとうな……」

智也が不思議そうな顔で言った。

「お父さん、どうしてそんなに泣くの?」

僕は涙が収まるのを待って答えた。

「嬉しいからだよ。……それからお父さんはな、智也とお母さんに謝りたいことがあって帰ってきたんだ。智也には、昨日ひどいことを言ってしまったよな」

智也の表情が少し暗くなった。

「『ダメな子』とか、『嫌いだ』とか言ってしまったよな。もちろん、あれは嘘だ。お父さん、あのとき機嫌が悪くて、ついはずみで言っちゃったんだ。ごめんな」

智也が泣きそうな顔になってきたのがわかった。智也は昨晩から、悲しいのを我慢しているに違いない。僕は続けた。

「智也は頑張らなくても、今のままで、お父さんの自慢の息子なんだ。……お父さんは、どんなときの智也も大好きだ。智也とお母さんがいてくれることが、お父さんの幸せなんだよ。……智也、お父さんの息子でいてくれてありがとうな」

僕はそう言うと、智也を強く抱きしめた。智也は僕の胸に顔をうずめた。まもなく、智也の肩が震えてきた。泣くのを我慢しているのだ。

「智也、思いっ切り泣いていいんだぞ。お父さんにあんなひどいこと言われて、悲しかっただろ。ごめんな」

智也はまるで幼児のように、大きな声を出して泣きはじめた。その声が、僕の胸に痛く響く。こんなに悲しかったのか。一人で耐えていたんだな……。

奈々子を見ると、奈々子の頬にも涙がつたっている。僕は智也の背中を優しくさすり続けた。

しばらく泣いたあとで、照れ笑いしながら智也が言った。

「お父さん、ごめん。僕の涙でお父さんのシャツを濡らしちゃった」

「気にしなくていいよ。智也、本当にごめんな」

智也は嬉しそうな笑顔でうなずいた。僕は奈々子のほうに視線を移した。

「奈々子、俺たちの息子はなんて優しい子なんだ！　なんて素晴らしい子なんだ！」

奈々子が答えた。

「ほんとね」

「これも奈々子のおかげだ。智也は奈々子の優しさを受け継いだんだ。……奈々子、俺の妻でいてくれてありがとうな。……それから、奈々子にも謝りたいことがあるんだ。実は俺、気づいたんだ。俺にとって家族の幸せがとても大切なのに、それを犠牲にしてまで働いてきたってことに。俺は仕事にかまけて、家族のことをあと回しにしてきた。家のことは奈々子に任せっぱなしで、奈々子が悩んでいてもどこか他人事だった。奈々子、孤独だっただろ。さみしかっただろ」

奈々子の目に涙があふれてくる。僕は奈々子に近寄り、思い切り抱きしめた。奈々子の体温とともに、奈々子の悲しみや孤独が伝わってくる。これまで奈々子は、この気持ちを何度も僕に伝えようとして、そして伝わらなくて落胆したことだろう。僕と一緒にいながらも、奈々子は孤独だったのだろう。奈々子、ごめん。……僕の目にも再び涙があふれてきた。気がつくと、智也が僕たちに寄り添って、僕と奈々子の背中をさすってくれている。僕は二人を抱きしめながら、涙混じりに言った。

「これからは……奈々子と智也と話し合いながら……家族三人がお互いの気持ちを尊重

し合えるような……そんな幸せな家庭を築きたいんだ。そして、……幸せな時間を三人でたくさん共有したいんだ……。もう一度言わせてくれ。奈々子、智也、一緒にいてくれてありがとうな」

智也が僕を見上げて言った。

「そう言えばお父さん、サンキューの年になったんだね。三十九歳だもんね」

僕は智也の言葉をかみしめた。

「本当だな。……そうか、ありがとうの年なんだな」

僕がそう言った瞬間、線香の香りがした。老人から漂っていたあの香りだ！　あたりを見回したが、老人の姿はない。気のせいかと思ったとき、智也が匂いを嗅ぐようなしぐさをして言った。

「ねえ、なんか今、いい匂いがしなかった?」

奈々子が答えた。

「そうよね。線香みたいな匂いがしたよね」

それが老人からの祝福だと、僕にはわかった。今日は僕の誕生日だというだけでなく、家族の再出発の日でもあり、会社の再出発の日でもあるんだ。

僕は再び奈々子と智也を抱き寄せ、宙に向かってウインクした。そして、心の中でつぶやいた。

「見ていてくださいね」

窓から差し込む朝日が、僕たちを優しく包んでいた。

あとがき

この本を書き終えた今、私は深い充足感に満たされています。なぜなら……

私は、高校時代に対人恐怖症で悩みました。自分だけが取り残されていくような焦りを感じ、将来に不安を抱きました。ところが二十歳のころ、心理学や成功法則や東洋哲学に出合い、それらの叡智を学び実践することで、対人恐怖症を克服することができました。さらに、そのあとの人生でも研究と実践を続け、仕事にも活用して、望む人生を実現することができました。

こうして私なりに学びたしかめてきたことを、ブログやメールマガジンや著作を通じて発信しているのですが、それらの核心となるエッセンスを、このたびこの物語に、余すところなく込めることができたのです。

そのことが、私に充足感をもたらしてくれているのだと思います。

この物語を書くに当たっては、数々の不思議な体験もしました。ストーリーの展開に行き詰まったとき、夢の中でストーリーの続きがひらめいて、夜中に飛び起きたこともありました。たまたま友人からもらった本の中に、最も欲していた情報が載っていたこともありました。こんな体験が積み重なって、物語ができたのです。もしかしたら、主人公の矢口君だけでなく、私自身も老人に導かれていたのかもしれませんね。

この物語が、あなたの心の奥深くに眠っている叡智を呼び覚まし、あなたの愛のスイッチをオンにするきっかけとなれば、こんなに嬉しいことはありません。

この本から、なにかの気づきが得られたら、その気づきをぜひ周りの人とわかち合ってください。その人の幸せな笑顔をイメージして、教えてあげてください。

あなたから、愛と幸せの輪が広がっていきますように！

真の幸せと豊かさが、この世界にあふれますように！

感謝を込めて　　野口嘉則

メモ

＊ この本を読んで感じたこと、気づいたこと、誰かとわかち合いたいと思ったことなどは、ありましたか？　このページも自由に使ってください。 野口嘉則

好評　ビジネス社の書籍

賢者のプレゼント

ロビン・シャーマ　中野裕弓・訳

- 新たな旅立ち
- 世界の動きに目を開くこと
- ステンドグラスの窓
- 人生の意味を探して
- 心の師との出会い
- 神秘なるものの中へ
- サーフィンと自己愛
- 多くを与える者は勝利する
- 愛という名のビジネスツール
- 本当の成功法

四六ハードカバー　定価：1890円（税込み）

野口嘉則（のぐち・よしのり）

「幸せ」と「自己実現」の専門家。ミリオンセラー作家。

高校時代は対人恐怖症に悩むが、大学入学後、心理学や成功法則さらに東洋哲学の研究と実践によって対人恐怖症を克服。その後、リクルートへの入社を経て、メンタルマネジメントの講師として独立。のべ3万人以上に講演する。

2003年にコーチングのプロとしての活動を始め、「その人の中にある自己実現力を引き出すコーチング」が評判を呼び、EQコーチングの第一人者となる。

2006年には1作目の著書『幸せ成功力を日増しに高めるEQノート』（日本実業出版社）がベストセラーになり、さらに2作目の『鏡の法則』（総合法令出版）は100万部を超える大ベストセラーとなる。

現在、公式ブログを通じて「幸せ」と「自己実現」に関するメッセージや情報を発信中。また、著者が肉声で語るポッドキャスト番組は、登録リスナーが20万人を超える。
★著者 公式ブログ
http://coaching.livedoor.biz/
★ポッドキャスト番組 「野口嘉則の“幸せ成功法則”」
http://siawaseseikou.cocolog-nifty.com/blog/

3つの真実　人生を変える“愛と幸せと豊かさの秘密”

2008年5月24日　第1刷発行
2008年6月22日　第4刷発行

著　者　野口嘉則
発行者　鈴木健太郎
発行所　株式会社ビジネス社
〒105－0014　東京都港区芝3－4－11（芝シティビル）
電話　03（5444）4761（代表）
http://www.business-sha.co.jp

カバーデザイン／森裕昌（森デザイン室）　本文デザイン／八柳匡友
カバー印刷／近代美術株式会社　本文印刷・製本／株式会社廣済堂
〈編集担当〉瀬知洋司　〈営業担当〉山口健志

ISBN978-4-8284-1431-7